Kadokawa Fantastic Novels
魔法★探險家
—Title
Magical Explorer
入栖
—Author
Iris
神奈月昇
—Illustration
Noboru Kannatuki
轉生為成人遊戲
Reincarnated as a Eroge Hero's Friend,
萬年男二又怎樣，
我要活用遊戲知識
I'll live freely with my Eroge knowledge.
自由生活
2
Volume

Character

登場角色

Magical Explorer 2

瀧音幸助

於遊戲版《魔探》中登場的男主角的死黨配角，但是肉體中的精神是個熱愛成人遊戲的日本人。擁有特殊的能力。

琉迪

琉迪薇努・瑪莉・安潔・多・拉・多雷弗爾

妖精國度「多雷弗爾皇國」皇帝的二女兒。在遊戲《魔探》包裝封面登場的主要女角。

水守雪音

人稱「魔探三強」之一，官方作弊角色其中一人。擔任風紀會副會長。

花邑毬乃

遊戲舞台「月詠魔法學園」的學園長。在遊戲中鮮少登場，是個謎團重重的人物。

花邑初實

花邑毬乃的女兒，也是瀧音幸助的遠房表姊。基本上鮮少開口，感情不常顯露在臉上。月詠魔法學園的教授。

克拉利絲

擔任琉迪的護衛兼女僕的妖精族女性。個性認真且對主人忠誠，難以擺脫過去的失敗。

聖伊織

遊戲版《魔探》的男主角。外表平凡無奇，但只要善加培養就能成為遊戲中的最強角色。

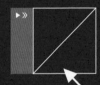

三會

在學園內擁有莫大權力的學生會、風紀會、式部會，合稱三會。唯有一小部分的菁英能加入，會員個個實力堅強。

學生會

計劃並執行學園祭或魔法大會等活動的組織，也是學生們的模範。

—

組織成員：

・會長

莫妮卡・梅爾傑迪斯・馮・梅比烏斯

・副會長

芙蘭齊斯卡・艾姮・馮・格奈森瑙

風紀會

為維護校內風紀而活動的組織。發生暴力相關事件時，主要由風紀會採取行動解決。

—

組織成員：

・隊長（會長職）

絲蒂法妮亞・斯卡利歐聶

・副隊長（副會長職）

水守雪音

式部會

權限可對學生會的活動予以監督或提出不信任案等，但不清楚實際活動是否名符其實。

—

組織成員：

・式部卿（會長職）

貝尼特・伊凡吉利斯塔

・式部大輔（副會長職）

姬宮紫苑

第一章 日安，月詠魔法學園

「真是的～～！你們幾個，為什麼要做這種事！」

「對不起……因為大門已經關了，我們就用翻的……」

魔探的男主角聖伊織垂下肩膀，情緒消沉地如此說道。

哎，伊織原本就不打算硬闖，是我強拉著他翻越校門，在落地的同時被逮到而挨罵，情緒消沉也是正常反應吧。其實是我的錯。

「等等，老師，可以原諒他嗎？是我強拉他硬闖的。」

畢竟他完全是被我牽連，之後我也得對他低頭道歉吧。

聽見我為伊織解釋，路易賈老師以指尖將淡粉紅色的髮絲梳向一旁，狐疑的眼神把我從頭到腳打量了一番。

「他看起來確實已經有在反省了……不過你有反省嗎？」

「這不是當然嗎？」

我聳聳肩如此說道，但恐怕造成了反效果。老師的眼神就像面對可疑的推銷員。

「你真的有在反省嗎……？你叫什麼名字？」

「我想老師也許已經接到通知了，我叫瀧音幸助。」

通知這字眼讓路易賈老師有所反應，微微歪過頭。緊接著她像是想到了某件事，臉上倏地浮現笑容。

「喔喔，你就是瀧音吧♪我已經聽說了，有通知你會晚到……等等，那為什麼你還要翻越大門啊？」

所言甚是。

因為門就在那裡——講這類蠢話蒙混過去吧？或者是乾脆坦承我想被老師罵？不過這鐵定會被她當成怪胎或是變態……似乎是個好主意？

「唔唔唔唔唔～～哈呼。算了……你們兩個，知道現在該去哪裡嗎？」

「哎呀～～真的很不好意思，不知道。」

「哎，你們現在還待在這地方當然不曉得吧……那我簡單說明喔。」

結束說明後，粉紅髮色的教師面露疲態離去。

雖然確實挨罵了，不過能見到路易賈老師的喜悅更在這之上。

不過最根本的感覺還是心頭表面浮著一層假裝歉意的罪惡感，加上自心底深處滲出的詭譎快感，兩者彼此混合成一種難以言喻的心情。

經過千錘百鍊的變態紳士，就連遭到責罵也能轉換為快感吧。這絕對不能說出口。

這時我不經意看向伊織，他似乎聽了老師的責備而在反省，情緒顯得有些低沉。和反省的同時精神飽滿的我完全相反。

因為我的快感建立在他的犧牲上，對他有些抱歉。

「不好意思，連累到你了。」

「咦？嗯。我沒有很在意，沒關係。」

真的嗎？我不由得這麼懷疑。

我把視線從他身上挪開，望向校舍。

琉迪就在那雄壯的校舍裡吧？學姊應該也在，女角們也都在吧。

腦海中浮現她們的身影，突然間我回過神來，發現自己心中洋溢著感動。

「好期待啊……欸，伊織不覺得很期待嗎？」

「期待？」

「對啊，我超期待的耶。」

看見學園校舍，腦海中回憶起她們的身影，決意與興奮同時湧現。

「你想想看嘛！從這個瞬間起，我們在魔法學園的生活就開始了喔。」

來這裡就讀的學生大概人人都有不同的理由，也懷著不同的目標。如果懷有目標，就會朝著目標跨出第一步。

「我啊，懷著在一般人眼中很奇怪的目標，也許人家會說我的目標不可能實現，但我抱著這樣雄大的目標而來。」

在這座魔法學園，大多數的人都會朝著目標前進。對許多人而言，這是成為魔法師的第一步。對一部分的人來說，也許是通往冒險者的第一步，又或者是邁向研究生涯的第一步。

而我踏出的是前往世界最強的第一步。

為了引領眾人得到幸福，這是無比重要的一步。

日後想必有重重難關擋在我眼前。也許不只是難關，而是高山峻嶺。高度也許並非富士山，而是聖母峰水準。不，如果所做所為不足以突破大氣層，也許還無法超越。

不過這種玩意兒，只要翻過去就對了。剛才校門已經關上，我就翻越校門進入校內。就算是前人未曾嘗試的一步也可以，就算因此挨罵或風評變差也無妨。為了琉迪和學姊等女角們，我要成為世界最強。

「那你呢？你一定有某些目標才來吧？」

「我嘛……算是有個目標。」

等等，要提起這個話題也許太心急了。他還沒在這學園體驗過任何事，現在的他當然不可能說出我想聽見的那些話語。

「喔，不好意思，這話題也許不適合和剛見面的傢伙聊。」

「不會。不過我大概知道你想講什麼。」

他如此說道，以認真的表情注視學園。看著他的表情，我回憶起在校門前的相遇。

「我現在喔，覺得冥冥之中有命運註定。」

「命運？」

伊織轉頭看我，我對他點頭。

「對，命運。接下來我會為了成為世界最強，往上一路奔馳。我總覺得所有人之中，你會陪我一起奔馳，也會在最後阻擋在我眼前……喂喂，別用這種認真的表情看我啦，我都害臊起來了。如果要跟我告白，要先好好醞釀氣氛才行喔。」

「我、我沒有要跟你告白啊，剛才好像在醞釀告白氣氛的明明是瀧音你吧？」

「哈哈，抱歉，講完才覺得越來越不好意思。還有喔，不用叫我瀧音，稱呼我幸助就好。」

我伸出手後，他也配合我。

「請多指教啦。」

「……嗯。請多指教，幸助。」

之後我看向學園，伊織也跟著望向學園。

「好了，差不多該走了吧。既然有緣，就一起踏出這一步吧。」

「一起？哎，可以是可以。」

「很好很好，那就上嘍。一～二～」

我跨出一大步，伊織跨出一小步。我們朝學園跨出了一步。

好啦，我已經到了。

魔法★探險家的舞台，月詠魔法學園。

遊戲的主角若不是麻煩人物，就是天生容易被捲進麻煩之中。

理由簡單易懂。若非如此，故事就會枯燥又單調。如果沒有任何特殊事件，只是平淡度過一天又一天，起初也許愉快，但是恐怕玩家途中就會抽離遊戲回到現實，想著我現在到底在幹嘛。

這一點在魔探也不例外。男主角伊織天生就容易被事件波及。

我伸出手，並未觸碰門把，而是一旁的魔法陣。緊接著魔法陣發出光芒，門緩緩向一旁滑動。首先與我四目相對的就是教師，隨後教室裡每雙眼睛都轉向我們這邊。

「不好意思，我們遲到了。」

「我知道。是瀧音和聖吧？先就座。」

看來座位似乎按照名字排列。我走向分配給我的那個座位時，注意到琉迪也在教室裡。

她的嘴巴無聲開闔，可以猜想她大概在說「你怎麼會遲到啦」之類的話吧。雖然我已經傳訊息告訴她了。

我坐下之後，打算和對上視線的路人配角搭話的瞬間，聽見叫聲從後方傳來。

「啊啊！你是那時候的變態？」

「啊！妳是早上那個！」

一位女性正和我們的男主角聖伊織伸手互指。看來早上的相撞事件確實發生了。

在此簡單說明，在魔探之中於劇情登場的主要角色群以及與劇情無關，只是擔任背景路人的配角們，兩者有一個非常簡單的分辨方式——只要看身上服裝就行了。

在魔探中，路人角色和男主角會將制服穿得整整齊齊。不過和故事相關的角色們除

了一部分例外，都會添加某些特色。

比方說瀧音幸助。看似遊戲人間，但內心陰鬱至極的不幸少年，他的穿著風格一言以蔽之就是輕浮。多雷弗爾皇國的第二公主，美麗的妖精琉迪——琉迪薇努・瑪莉・安潔・多・拉・多雷弗爾，則是連制服款式都完全不同，還戴著耳飾。

那麼，剛才開始與魔探男主角起爭執的她屬於哪一邊？光看那身制服不符規定的穿法，就能明白她是與劇情有關的角色吧。

「那可是塗滿奶油的吐司耶！你要怎麼賠我！」

「等等，明明是妳自己朝我撞過來的吧！」

我已經不知把魔探這個遊戲通關幾輪了，當然一眼就能認出再熟悉不過的她，儘管叼著吐司奔跑的美少女在現代已瀕臨滅絕。此外這位美少女和伊織對撞時，不由得讓口中的吐司掉落在地上，還引發了自己的裙子向上掀起，伊織的頭撞進裙底的罕見狀況，或者該說是悲劇？哎，色色的「罕見狀況」也可說是「成人遊戲中的家常便飯」。

至今仍和伊織爭執不休的主要女角——加藤里菜情緒激動。

「而且你還一直盯著我的……那個吧！你這大變態！」

「這、這這這是誤會！我沒有一直盯著看吧！」

若事實依照遊戲劇情，這句話是謊言。他不但看得一清二楚，我現在也能清楚回憶那張CG，是條紋的。

「你們安靜！」

教師拉高音量喝止，終止了爭執。我不理會挨罵的兩人，轉頭朝坐在後方的男同學（路人配角）說話。

「那個，自我介紹已經結束了？」

根據男同學的回答，似乎還沒結束。我和坐在附近的馬克斯和粉紅髮色的悠莉安娜同學，以及淺褐髮色的妮可雷特同學簡單搭話，但不知為何他們對我態度特別疏離。

導師時間和自我介紹結束後，進行了簡單的座位更換，目的是為了讓視力較差的學生優先往前坐。不過這裡的新生都充滿了上進心，大多數人都希望往前坐。

教師似乎事先準備了前排用的籤與後排用的籤。座位對我而言無關緊要，因此我抽了沒人氣的後排，琉迪和伊織似乎也抽了後排的籤。

有趣的是，寫在籤上的座位恰巧就與遊戲中是同一個。傳聞睡覺也不會被抓到的黃金地段，也就是窗邊最後排……的前一個座位。黃金地段被伊織抽走了。男主角坐在那邊總覺得滿合適的。

而且坐在伊織旁邊的人物也與遊戲中相同。

「呃……！」

「啥……！」

伊織和吐司少女加藤里菜——其實她是可攻略的主要女角之一，紳士淑女們稱她為卡托麗娜——四目相對。緊接著兩人同時撇開視線，各自就座。連坐下的動作都不約而同，如此恰巧讓我不由得笑出聲。因為卡托麗娜瞪向我，我立刻按捺住笑意。

雖然我以為在某種強制力的作用下，所有人都會安排到和遊戲中相同的座位，但似乎並非如此。

「哎呀，日安。」

「日安，琉迪」

這陣子每天都碰面的妖精來到我的座位前方，用一副毫無興趣般的表情對我打招呼，而我則回以人生第二次的日安。

昨天在花邑家的晚餐時間，她說過「我在學校會裝乖」，看來她真的打算假扮這種個性。

琉迪在遊戲中對男性非常冷漠，言行舉止透著保持距離的意圖。不過，使她採取這般冷漠態度的原因——那個事件理應已經完全解決了，我不知道她為何這麼做……有機會再問她理由吧。

「日安，請多指教喔。」

琉迪對坐在旁邊的路人女學生面露笑容打招呼。坐在琉迪前方的男同學（路人）被天使（琉迪）的笑容一發正中腦門，露出呆愣的蠢臉，嘴巴張大到幾乎能看見小舌。

琉迪對這種反應的男同學毫無興趣般打招呼，讓我回憶起遊戲。

按照遊戲劇情，因為琉迪是較晚入學的新生，男主角的後方會多加一個座位，讓她坐在那裡。

「真沒想到琉迪會坐到我前面……」

我低聲呢喃後，琉迪像是聽見了，轉過頭來擺出一臉皮笑肉不笑的笑容。

「怎麼？我坐這裡你不滿意？」

我搖頭。

「不會啊，反倒該說求之不得。不只能時時欣賞美麗絕倫的琉迪殿下，還能請博學多聞的殿下指點課業，更重要的是……」

我讓身體稍微前傾，在她耳邊細語般說道：

「這樣也比較方便約妳回家路上去吃拉麵。」

當然音量也壓低到其他人聽不見。我是不覺得這有什麼好害羞的，但她特別介意。

「……笨蛋。」

她嘆息般輕聲說道。大概只有我聽得見吧。

「好啦，各位都坐在自己的位子上了吧？」

聽見老師這麼說，眾人安靜下來轉頭向前。據老師所說，接下來似乎要為我們介紹學園。

結束了入學典禮與校園介紹，並且簡單為我們說明授課概要之後，入學第一天的學園生活結束了。畢竟是第一天，也沒其他事吧。

先前我感到不安的問題，也就是可能在廣大的學園內迷路的可能性似乎不高。移動全都使用轉移魔法陣，只要不隨便亂跑就不可能迷路。

此外，和幾個人聊過我才發現，我似乎散發著幾分難以親近的氛圍。原因大概是我的服裝及態度太過自由奔放。

「再見啦，妮可雷特同學、馬克斯、悠莉安娜同學。」

雖然和妮可雷特同學與馬克斯能正常交談了，但是與悠莉安娜同學還是有些疏離。

我和準備回家的琉迪會合，走過日後將發生無數事件的櫻花人行道。

「今天才第一天耶……你跟人家混熟的速度太快了吧？」

大概是因為這裡只有前來迎接的克拉利絲小姐和我在場，在校內佯裝的態度頓時消失無蹤。

她的意思是稱讚還是鬧彆扭，又或者是羨慕，有點難以判斷。

「只是稍微打過招呼而已，希望之後還能更熟一點。」

「對我好像有點難啊……我會找到能信任的朋友嗎……」

她如此說著，愣愣地眺望櫻花。

大概是因為不久前被她相信的妖精族男同伴背叛吧，她顯得有些怯懦。

「喂喂，我很信賴琉迪妳喔。」

「我當然知道你的為人……也能信賴你。我說的是其他人。」

既然這樣，是不是該早點介紹應該能信賴的人（女角）跟她變熟？等等，如果我的記憶沒錯，雖然僅限於女學生，她應該會自己交到一些親近的友人才對。除此之外，雖然比我們大一年級，她也已經結識了水守雪音學姊，現況來說絕非無依無靠。

到家時，琉迪帶來的妖精美女（女僕）上前迎接。聽說她們在距離這個家不遠處租了一間房子，當作女僕們的生活據點，家裡沒人在時她們好像會來工作。看來毬乃小姐她們都還在學園工作吧。

我換上方便活動的衣物後，趁現在開始準備明天要用的行李。隨後我愣愣地望著萬里無雲的天空，但又覺得不外出鍛鍊太浪費時間，於是比平常更早出發去慢跑。

爬上實在不算便於慢跑的山坡，一路跑到瀑布後方，但不見學姊的身影。我直接自瀑布折返，回到跑起來比較舒適的慢跑路線。

跑了大概幾十圈，身體漸漸疲憊時，我回到瀑布附近想練習戰鬥架式，這時瞧見了學姊正在那裡揮舞著薙刀。我避免打擾她，隔了一段距離開始進行第三隻手與第四隻手的鍛鍊。

「入學第一天有何感想？」

在我結束訓練，躺在披肩變形而成的長椅上時，學姊前來向我搭話。平常綁成馬尾的長髮現在並未束起，臉上掛著一如往常的爽朗笑容。

「這個嘛……我遲到了。」

「哎呀，睡過頭？」

「不是，是為了救人啦，救人。如果學姊眼前出現了遇到困難的人，也會伸出援手吧？」

如果是美少女就更不用說了。不過很可惜，這次是上了年紀的男性。學姊手扶著下巴，應聲點頭。

「嗯。這很難說吧？」

「學姊絕對會的，況且當下我已經受到很多幫助了。」

水守學姊的正義感在魔探角色群中，排行應該非常高。

「話說回來，我真的嚇到了。學園裡的設備未免太充實了吧？」

第一魔法訓練場、第二魔法訓練場、第三魔法訓練場、體育館、第二體育館、第一武術館、第二武術館、第三武術館，再加上容納全校學生也綽綽有餘的圓形競技場。除此之外，還有堪稱本學園最大特色的三座迷宮。另外，聽說學園內的數間研究室不只有學園的學生，還有研究員。

「哎，就算從學園畢業了，因為研究室和迷宮與轉移魔法陣，還是有很多人在學園工作。我也一樣，畢業後的出路很可能是在這裡。」

或者該說不在這裡的可能性還比較低——學姊笑道。確實這個環境無可挑剔。

「原來是這樣……說到畢業，學姊攻略迷宮的進度順利嗎？」

「喔，按照當下的速度，應該很快就能進入取得畢業資格的樓層吧。不過要挑戰學園最快紀錄大概很難。」

「的確如此。因為最快紀錄會被我改寫嘛。」

學姊擦著汗，撇嘴一笑。

「還真敢說。」

她如此說完，在我背上拍了一把。學姊好像不相信，但我可不是在開玩笑。

學姊的視線從我身上挪開，注視著地面。隨後她輕吐一口氣，用認真的表情凝視我的雙眼。

「我說瀧音，可以讓我問個問題嗎？」

「……什麼問題？」

「很正經的問題。」

光是見到學姊臉上正經的表情，我已理解到這一點。

「首先要聲明，我對你並沒有負面的感情。」

「……那種感情該不會叫作喜歡？」

「笨、笨蛋。我剛才說了，我現在是很認真的！」

「呃，這對我個人算是很重要的……不，沒什麼，不好意思。」

滿臉通紅又手足無措的學姊真是充滿了魅力。不過還是別繼續這樣，因為她好像真的要談正經事。

「……真、真是的，不要老是開學姊玩笑，而且我現在真的很認真。」

語畢，她清過嗓子，隔了一小段空檔後開口。

「你到底知道些什麼？」

我花了一點時間來思考這句話的意思。

「是說琉迪那件事？」

「主要是那件事沒錯……不過，真要說的話不止於此。」

儘管知道她的意思，我實在需要時間來消化她的疑問並思考如何回答。

從學姊的角度來看，肯定不用多想也會覺得我的行動很不合理。因為我有魔法★探險家的知識，而且活用這些知識。對先前琉迪遇險的事件，想必讓她十分費解吧。

我突然就說出誰也不知道的情報，她對這樣的我究竟有何感想？

如果可以，我也想向學姊坦承一切真相，但是現在向她坦白真的好嗎？不，都發生那麼重大的事了。正因如此……

「算了，不好意思。」

面對沉默的我，學姊口中吐出的話語並非進一步追問，而是對我道歉。眼角向下拉低，溫柔微笑著對我道歉。

目睹學姊這樣的反應，我不由得苦笑。

「……學姊究竟是什麼時候轉職成為女神了？」

「呵呵，你在說什麼鬼話……女神這種名號我不敢當。」

「如果學姊不是女神，任何人都無法當上女神。」

學姊一笑置之，但對我個人而言是毋庸置疑的事實。

「不好意思，我只是有些好奇罷了。我知道瀧音你不是那種會走上歧路的人，在琉迪事件中也是如此。」

「學姊……」

「我信賴你。其實光是這樣就很夠了。」

啊啊，學姊果真是我所知的學姊，打從一開始就令我傾心。但是像這樣與她交談，每次都讓我發現更多她的優點，讓我更加喜歡她。

「學姊完全沒必要道歉。」

「瀧音？」

「之前的……琉迪那件事應該讓學姊對我的行動產生疑問，所以我也想向學姊解釋。可以請學姊給我一點時間嗎？只要再等一下就好。」

「當然可以。其實我也覺得這是很敏感的問題，也能理解你的問題肯定難以啟齒。只是……」

學姊說完，把手擱到我肩膀上。微微汗濕的白皙手臂，以及陽光照耀下的學姊的笑容……而且是燦爛無比的笑容，闖進我的視野與腦海。

「隨時都可以。只要有什麼事，希望你能告訴我，我想助你一臂之力。」

「學姊……」

我知道我的實力還遠遠不及學姊，但是我不能永遠落後。

我握起學姊擺在我肩上的手，並用雙手包住那隻手。

「真的很謝謝學姊，不過我的心情與學姊相同。也許我之前已經說過了，我也想助學姊一臂之力。」

沒錯。學姊想變得更強，我希望能予以協助。解決她當下的煩惱，讓她變得更加閃耀。希望她能到達與魔探最強的伊織、跟伊織並駕齊驅的初代聖女、莫妮卡會長同樣的水準。

然後我會超越她，為了守護她。

魔法學園的授課形式與一般的學校相比，非常特殊。

上午的課程是包含一般知識在內的必修科目，午後則是名為應用科目的選修課程。而且這些課程都並非一定要出席。

此外令人吃驚的是，不管應用科目還是必修科目，都不是晉級或畢業的必須學分。就算沒拿到必修課程的學分，只要拿到迷宮學分還是能畢業。反過來說，就算沒拿到迷宮學分，只要拿到必修課程的學分，還是能晉級、畢業。

「話雖如此，這不構成各位可以輕忽必修課程的理由，因為要拿到迷宮學分相當困難。」

教師如此說明，用手中的筆寫下六十這個數字。

「月詠學園迷宮第六十層，這是各位學園生作為目標的樓層。」

在遊戲中，攻破學園迷宮第六十層是為了避免走到壞結局的必要條件。而且只要在三年級結束時沒有攻略完成，就幾乎確定走到壞結局，不管和女主角們感情多麼親密，最後都是獨自一人在邊境工作的孤獨結局。不過，若是走上與惡魔攜手的結局，不攻破六十層也能迎向本結局。哎，萬一伊織想選擇這個結局，我會用上一切阻止他。

「三年級畢業時能攻破第六十層的學生，大概是百分之五十。換言之，只有一半學生成功攻破。」

在這樣的條件下，我該在哪個時期之前攻破迷宮第六十層？如果遊戲第一輪正常進行，大概是升上二年級後不久，或是在一年級尾聲就能抵達目標吧。若是第二輪的遊戲，在第一次進入學園迷宮時就能直闖六十層。如果要超越男主角，我希望最晚也要在一年級結束前突破。

但是我的目標不只是超越男主角，而是讓各位女主角迎向好結局。這一點不能本末倒置。考慮到這些，我一定要在一年級結束前突破月詠魔術學園迷宮第六十層。

不，若考慮到所有女主角，更是必須把所有事件塞進一年之內。

「若是打從一開始就立志走研究路線，也可以不以六十層為目標。但是我認為就算立志成為研究員，也應該要往迷宮第六十層前進。因為在攻略迷宮的過程中，可以得到許多在外面研究時無法得到的成果。」

說到這裡，教師放下筆，掃視所有學生。

「說穿了，就是希望各位兩邊都不要輕忽。理想就是兩邊都及格，在就職時很有用處。對了，若想加入魔法騎士團，雙方都是必須達成的條件，自己多加留意。」

我的身子倚著窗戶，視線短暫飄向伊織的臉，不管怎麼看都是一副成人遊戲男主角的平凡長相。他正認真聽教師說明，對我的視線渾然不覺。

他如此認真的理由大概和遊戲中相同吧。遊戲中的伊織因為年少時期在某次事件中受到魔法騎士團的救助，使他對魔法騎士團懷抱憧憬，因此來這裡就學。一聽到魔法騎士團的話題自然會認真起來。我也一樣，一聽到成人遊戲的話題就會認真起來。

「那麼，各位在進入這個迷宮前，請先進入學園管理的初學者迷宮。」

初學者迷宮是個全部共十一層的小迷宮。若是正常攻略，第十層就是盡頭，但只要達成某個條件就能解鎖隱藏的第十一層。

「進迷宮的日子是五天後。詳細的準備之後會另外通知，各位先做好心理準備。」

對了，隱藏樓層和隱藏迷宮在這個世界上的機制會變成怎樣？一旦得知解鎖條件，就會跟著依序公開嗎？或者基本上被視作祕密，只有少部分人能夠得知？還是其實誰也不知情？

也許需要做點調查。

我這麼思索時，告知課堂結束的鐘聲自喇叭響起。今天這堂課結束後應該有測體力的事件，在遊戲中可說是非常、非常、非常重大的事件。

「看你一臉嚴肅的表情，是怎麼了？」

伊織看著我的臉，如此說道。

「沒有，只是在想點事情。」

伊織伸手指向教室的門說：「該走了啦。」我站起身來到伊織身旁。

那麼接下來該怎麼辦呢？說到測體力，在遊戲中是從第三人稱的多種角度（神的觀點）描寫只穿著內衣褲的多位女角，可在此取得CG的重要場面。如果可以，我也想拿到一張圖……更正，實際上我想將之烙印在眼底。不過這絕對不可能吧。

「唔……事情總不如意啊。」

「？」

見伊織頭上再度浮現問號，我對他拋出突然湧現的疑問。

「對了，伊織喜歡哪種類型的女生？」

「咦？幹嘛突然問這個？」

「沒有啦，接下來要測體力吧？就能看見女生換衣……咳咳，我是說運動能力。既然這樣，你不想看看自己中意的女生嗎？」

「咦？我會先想怎麼讓自己拿到好成績吧。」

未免太一本正經了。

「別這樣嘛，我們班上明明就有超多可愛女生吧？像是當上班長的那個女生，還有琉迪也很可愛啊。」

班上有數名主要與次要女角，都可能成為隊伍的成員。身為一名遊戲玩家，我十分好奇他現在對誰特別在意。

「確實班長和多雷弗爾同學都很可愛。」

伊織將兩人的身影納入視野中，呢喃說道。

「對吧？要是對哪個女生特別在意，儘管告訴我喔。我從血型到喜歡吃什麼，甚至興趣，全都能告訴你喔。當然我也不是做公益的。」

我用右手擺出圓圈。

「要……要收錢喔？」

「哎，視情報的重要性而定吧。喜歡吃什麼之類的很簡單，只要稍微調查一下，這種的就請我飲料或午餐就夠了。要問血型的話，也可以免費告訴你喔。如果是要花點工夫才能取得的情報，就要跟你收點費用。不過，太私密的個人資料當然就算知道也不能告訴你。」

我在做的生意和遊戲中的瀧音幸助一樣。以魔石或金錢當作代價，可以請他告訴玩家男主角在女主角之間的好感度高低，不過我也不明白他是如何取得這些消息的，也許是只限遊戲中的設定吧。

「要、要錢喔……」

伊織神色哀傷地呢喃。回想起來，遊戲初期男主角幾乎身無分文。若是遊戲尾盤或第二輪，身上應該有不少錢就是了。打過第三輪之前總是會有些地方需要用到錢，有錢也沒地方花是第四輪之後的事了吧。

「哎，你來問我的話，看在我們的交情，第一次就算你免費吧。對了，就告訴你價值一張餐券的情報吧。」

我們一邊閒聊一邊換上運動服後，走向測體力的會場。我想成績應該會比一般人好一點吧。

在魔探之中，瀧音幸助是個劣等生。

當然他並非「不擅長遠距離魔法而被視作劣等生」。就算不擅長魔法，只要能開發特殊的魔法具還是會受到學園表揚，也能成為學園僱用的教師，還是有管道能受到正當評價。

那麼，為何瀧音幸助會被視作劣等生呢？那是因為他頭腦簡單而學力低落，同時腦袋也裝滿了色情。

「不妙啊。」

看來我也和遊戲中相同，可能是個劣等生。當然腦袋裝滿色情這部分，我已有自覺，所以無從否認。

「完全搞不懂。」

基礎數學和語文等方面不知為何——或者該說是成人遊戲中常見的「無異於現代日本」的設定——令我自然回憶起學生時代的課程。但是一扯上魔法的知識與歷史，我的腦袋別說是國中生等級，只有國小學童的水準，有些部分甚至比國小學童更加無知。

「這位同學你怎麼了嗎？」

坐在眼前的琉迪對我如此問道。由於身分原本就尊貴，有禮的口吻照理來說也是自然而然……但因為最近和她相處時，她的語氣總是平易近人，讓我有種「妳是誰啊？」的感覺。

「沒事，只是對自己的學力之差感到愕然而已。」

話說，這世界的歷史太扯了吧。最扯的就是武將和英雄等等的偉人竟然八成都是美女，簡直就像成人遊戲的設定。啊，差點忘記我真的來到成人遊戲的世界了啊！

「哦？」

琉迪得意地挑起嘴角一笑，直盯著我瞧。雖然不知道她在想些什麼，總覺得不是什麼好事。

「哎，學問方面有姊姊在，總會有辦法解決吧。」

家中就有一位教師，我對這等幸運心懷感激，也決定要抓住機會。我相信姊姊一定會二話不說就幫忙。

這時我不經意看向伊織與主要女角之一卡托麗娜（加藤里菜）。

光就伊織的表情來看，他似乎沒有遭遇任何問題。和遊戲中相同，初期學力就有普通水準吧。

但是卡托麗娜就是另一回事了。她看著映在螢幕上的公式，像被蛇瞪著的青蛙一樣一動也不動。

「看來伊織並非我的同伴啊。」

「咦？你突然在講什麼？」

「卡托麗娜才是我的心之友。」

我如此說完，靈魂好像有一半出竅的卡托麗娜愣愣地回應：「啥……？」

「誰是卡托麗娜……？算了，這無所謂，心之友是在講什麼？」

看來要叫她卡托麗娜也沒問題。因為平常就習慣這樣稱呼她，能得到本人許可真是萬幸。

「要一起考不及格喔！」

我拍了拍卡托麗娜的肩膀，點頭說道。

「啥？我才不會不及格！雖然我承認我的腦袋有一點點不太好。」

卡托麗娜的說話聲越來越小。不只是一點點而已啊。

「但是我們同樣有救贖！」

「我說你……你叫瀧音幸助吧？你沒在聽我講話吧？」

我輕拍一旁的琉迪的背。

「我們就請這邊這位琉迪薇努殿下指點迷津吧。放心，她的水準和我們不一樣！這樣就不用擔心了！」

「你真的沒在聽我講話耶。而且你剛才就是暗指我很笨吧？」

「我來教你們已經是確定事項了？這個嘛，要教卡托麗娜同學是沒關係……」

我就不行喔？哎，我也沒想過要找她指導課業，其實無所謂。真正的目的是讓琉迪與卡托麗娜早點熟識，這兩人加上次要女角引發的事件對伊織非常有益。雖然對我而言，各方面都有害。

因為我以強迫手段開創情境，她們應該不會馬上就變得要好。不過我的推測並未成真，她們兩個馬上就打成一片了，原本試探距離般的對話已經漸漸透出融洽的氣氛。卡托麗娜的個性大而化之肯定是理由之一吧，聊起來非常輕鬆，老實說我和她閒扯也覺得開心。該說她反應很靈敏吧，每次裝傻耍寶她都一定會好好吐槽。

然而，雖然氣氛融洽，琉迪的口吻依然是千金小姐。不過總有一天，她也會放下面具吧。

之後嘛……我看向伊織。

他已經將桌面上的雜物收拾乾淨，發出可愛的一聲「嗯？」，開始準備移動。這傢伙明明是故事的主角，感覺卻不大可靠。哎，成人遊戲中不大可靠的男主角多如過江之鯽，這也不能怪他。

不過我會讓伊織變強，這也是為了引導所有女角走到好結局。

和伊織等人一同移動到第一魔法訓練場，在那裡，學生們手持各自擅長的武器，正與旁人閒聊。在這群學生之中，我看向特別吸引伊織視線的方向。在他視線所指之處，我看見了身為次要女角的委員長。

「哦哦？我懂了，你中意的是我們的委員長吧？」

「呃，沒、沒有啦！」

伊織的聲音傳開，幾位同學看向這裡，委員長也是其中一人。

「笨蛋！太大聲了啦。你過來一下。」

我招了招手，他納悶地看著我的臉，但還是順從地跟我過來。

「你剛才在偷看委員長日暮楓吧？哎呀，你真是好眼光。如果要評個等第，至少也有B+起跳。」

「什麼委員長……不是班長嗎？況且等第又是什麼……？」

委員長當然就是指班長吧？至於為何要如此稱呼，解釋起來一言難盡，總之成人遊戲玩家都會這樣講。

至於等第，其實我也不太清楚。是遊戲中的瀧音幸助擅自評分的結果。大概是綜合評價女性的各方面條件的分數吧？應該參雜了他的主見和偏見。

「委員長很能幹吧？聽說她家裡有點事，家事和照顧妹妹都是她一手包辦。」

委員長家是單親家庭。母親在妹妹才剛懂事時就過世，大概是體恤父親工作的忙碌，讓她覺得自己必須扛起這個擔子。

在這之後，她就在家中一手包辦諸多家事，以及照顧年幼的妹妹。也許是因為這樣，她很懂得照顧人，有時也會指點同班同學的課業。若要舉出缺點，大概就是有點冒失，或者該說時常犯下奇怪的失誤。在遊戲中也曾穿著不同顏色的襪子來赴約，堪稱奇蹟，當時伊織誤會那出自她的穿著品味。

哎，詳細內容等你打好關係再自己去問她吧。

「就如同她給人的印象，興趣是閱讀，然後喜歡小朋友……呃，更進一步就要收餐券了。」

「是、是這樣喔？話說開學到現在才一週左右吧……你從哪邊找到這些消息的？」

我先是笑而不語，之後又補上一句：

「這是商業機密。總之想知道就先準備餐券，或者直接跟人家打好關係。」

消息來源當然是魔探遊戲。不過這種程度的消息對於人稱成人遊戲界檔案庫的我而言只是小事一樁。哎，不過這些都不重要。已經介紹委員長給他認識了，再向他多介紹幾個人吧。

「既然有這機會，接下來就幫你介紹幾位高等第的同班同學吧。」

我將視線轉向卡托麗娜她們，於是伊織也將視線轉往同一方向。

「那接著就是卡托麗娜。」

這時，伊織的情緒顯然變差了。

我個人還以為伊織會和卡托麗娜湊成一對。在魔探中除非發生嚴重的事件，都一定能攻略卡托麗娜。或者該說只要不選擇極端特殊的路線，就絕對能夠攻略她，所以玩家都說她很簡單。

「喂喂喂，別擺出這種表情啊。運動萬能、很好相處，最重要的是非常可愛，不管是班上或別班都有人想追她喔。怎麼樣，你們一定也這麼覺得吧？」

我有些強硬地拋出話題。聽我這麼說，男同學們有些訝異，開口回答：

「我是覺得很可愛沒錯啦，但是我個人覺得旁邊的妖精比較讓人好奇。」

他搔了搔那頭橘色頭髮，如此說道。他身上沒有穿白襯衫，而是一件橘色上衣，脖子上戴著一條項鍊，鍊子底端吊著附有魔石的墜飾。

「這個嘛，呃……我比較傾向加藤同學吧。不過琉迪薇努同學在各方面都很讓人好奇……」

在場的另一名男同學推了眼鏡並如此說道。他靛藍髮色的瀏海長得幾乎能蓋住眼睛，他能看清楚前方嗎？而且瀏海太長，好像都蓋在眼鏡上了。髮型好像古典成人遊戲的男主角。

「是喔～～？不管是哪個，我覺得年紀都還要再大一點才行。」

「呃，認識你這麼久，我還是無法理解你的癖好。我覺得那個……嬌小可愛的女性也很棒啊。當然琉迪薇努同學也很不錯。聖也這麼覺得吧？」

瀏海男如此說完，伊織點頭。

「嗯，是沒錯啦。我覺得兩個人都很可愛，特別是多雷弗爾同學……」

大概是因為和卡托麗娜有一次過節，他對她似乎有些敬而遠之。

「哈哈！你們都特別喜歡高不可攀的女生啊。想追多雷弗爾皇帝的二女兒喔？」

我一說完，橘髮男和伊織都吃驚地看向我。

「……所以說傳聞是真的啊？」

「人是妖精族，姓氏又是多雷弗爾，那不就幾乎確定了嗎？琉迪是正牌的千金大小姐。那傢伙才華洋溢、美貌過人又兼具皇室威嚴，可說是集智力、魔力、魅力、財力、權力於一身，無庸置疑的Ｓ＋級美少女。」

我如此評斷的同時，琉迪打了個小小的噴嚏。

「至於她身旁的卡托麗娜嘛，財力、權力、智力大概難以望其項背，不過美貌與魔力在學園內名列前茅。此外她和琉迪不同，個性好相處又健談，因此非常有異性緣。將琉迪看作是高不可攀的千金大小姐，卡托麗娜就是班上公認的班花吧？評價大概落在Ａ＋左右。」

令人難過的是胸部也是Ａ＋…………卡托麗娜，為何要那樣凶狠地瞪我？

大概是有所察覺了，卡托麗娜與琉迪走向我這邊。一旁的伊織顯然提高了警覺，而橘髮男和瀏海男則慌了手腳。

「我有種不太好的感覺，你們是不是在講什麼？」

「沒有啊，只是聊到我們班上美人特別多。」

我若無其事地如此說道。

「是喔。不知為何從你身上感覺到不好的氣息，一種不好的氣息。」

用不著講兩次吧……只是覺得胸部很平而已。回想起來，遊戲中的卡托麗娜很介意自己的平胸。

「又來了……看來是視線。」

對了，在魔探中也有類似的互動。遊戲中，在這之後瀧音幸助會嚴重失言，激怒了卡托麗娜，結果在模擬戰被她痛扁一頓。

我回想起這件事的時候，卡托麗娜臉上掛著笑容走向我身旁。緊接著把手擺到我肩頭，同一時間我的肩膀發出慘叫。

「是喔？有話想說就儘管直說啊。」

「好痛、真的很痛！」

遊戲中的瀧音這時會脫口說出平胸二字，但我當然不會幹這種蠢事。況且這種話實在太失禮了。

「是喔？」

卡托麗娜說著，鬆手放開我的肩膀。緊接著她甜美一笑。

「不好意思，我一時疑心病太重了。」

我重新拉直衣領，面露笑容。

「不會啦，我不在意。」

還真好騙。我這種程度的紳士（成人遊戲玩家），為了躲開不需要的事件，選擇最佳的選項只是小事一樁，即使是第一次遭遇的事件也不例外。

哈哈哈——我在心中如此大笑，突然間，卡托麗娜轉動著肩膀。

「唉，話說回來…………胸部大，肩膀真的會痠耶。」

我的視線不由得轉向那片砧板。

「噗哧！」

驚覺不妙而回過神來，已經太遲了。怒氣……不對，殺氣正從她身上迸發，貫穿我的身軀。

「…………真、真是辛苦呢。」

「你剛才在想什麼，我已經非～～常明白了。我說你……應該做好覺悟了吧？」

那個玩笑太陰險了吧！就在我開始猶豫究竟該逃命還是把伊織抓來墊背的時候。

「要上課了！」

教師開口要求學生集合。您就是救世主（彌賽亞）嗎！

這時，那隻手再度擺到我肩膀上。纖細的五指，修剪整齊的指甲，那顯然是她的手。但是這次她的手沒有使勁，儘管沒有使勁，卻灌注了魔力。

呃，我身上的冷汗如豪雨般流個不停。

「瀧音，我就先預約你模擬戰的對手了……你明白吧？」

我真不想明白。

一旁的琉迪只是對我拋出白眼，隨後和卡托麗娜一同往眾人集合的方向邁步而去。

目睹兩人離去的背影，橘髮男輕聲嘆息。

「喂，瀧音你真的沒問題嗎？看那傢伙的魔力和舉手投足，感覺應該很強喔。」

伊織的意見大概也相同吧，用充滿悲壯之情的表情看著我。

「加、加油喔！」

身為主要女角之一的卡托麗娜是以近身戰鬥為主的盜賊型近距離戰士。就如同其他主要女角一樣，在遊戲中她相當受到優待，攻擊力、防禦力以及閃避力的成長速度都十分優異，能學會的魔法和特技也很優秀。在迷宮各處都能大展身手，從最初的頭目到最後魔王，甚至資料片的隱藏魔王都能對主角有所貢獻。

話雖如此，並非起始能力就多麼卓越。

「準備好了？」

我點頭後，與已經做好準備的卡托麗娜對峙。她的手中握著她擅長的武器，也就是匕首。

她並非打從一開始就很強的理由在於她從遊戲初期就會成為夥伴。這也是當然的吧，突然就有超強夥伴加入隊伍，這樣遊戲會好玩嗎？不，當然不會。

如果她的實力和遊戲初期的卡托麗娜相同，我一點也不覺得我會輸。

「突然覺得肚子開始痛了。」

不過，就算卡托麗娜的實力真如我所想像，我在這個當下勝過她真的好嗎？

在遊戲版的魔探中，這次模擬戰事件就是戰鬥的新手教學。

先是同班同學的路人角色當對手，學會戰鬥畫面中的角色操縱方法與戰鬥流程。勝利之後，就會與戰勝瀧音幸助的卡托麗娜交手。

沒錯，對手是戰勝瀧音幸助的卡托麗娜。

「是喔，那我就剖開你的肚皮幫你看看哪邊有問題吧。」

之後卡托麗娜會與伊織交手，敗北後認定伊織為自己的勁敵，在彼此的切磋當中越變越強。

「放水真是一個美妙的詞彙。我特別喜歡別人這樣對我。」

我想成為全世界最強，但是最終目的是讓女角們走向好結局。假使她們都順利成長，不需要我的協助就能抵達好結局，那當然是再好不過了。

況且魔探中會發生的事件異常地多，為此必須做出取捨。而且就時間安排上來說，要參與所有女角的事件非常困難。如果她們能夠自行得到幸福，或者伊織及其他女角能伸出援手，我希望可以交給他們解決。

不過這些還是表面上的理由。正因為我知道卡托麗娜在遊戲中有多強，才希望她也能變強。

「放水啊，我就好心考慮看看吧……話說，你要在那呆站到什麼時候？快點拿出武器啊。」

我特別中意卡托麗娜的特點，不是嬌小的體型與不起眼的胸部，也不是她傲嬌卻又溫柔的個性。更正，這些當然我全都喜歡，但並非最主要的原因。

卡托麗娜最具魅力之處，就是在魔探之中她是數一數二的不服輸。雖然魔探有許多不服輸的女生登場，但其中卡托麗娜不甘心的反應格外明顯，而且她是因此努力讓自己更加成長的女性。

「不用，這樣就夠了。」

恐怕只有這次能輕鬆獲勝吧。主要女角充滿了可能性。雖然我不會讓她輕易超越，但是總有可能被她追上。

所以這次就來場壓倒性的勝利讓她咬牙切齒，讓她的不服輸發動。竟然輸給這種男人，這對日後的她肯定是非常有益的經驗。況且我喜歡實力高強的女角。

特別是一心追求變得更強的角色，我希望她們絕對要變強。而且我希望變強的角色也包含伊織等男性。

話雖如此，我最後還是會超越強悍的她們，成為世界最強。

我漸漸增加注入披肩的魔力。讓披肩有如另一種生物飄浮在空中後，卡托麗娜雙眼睜圓，視線緊盯著我的披肩。

「隨時都可以。」

「…………是喔，那我要上了。」

就在話說完的同時，卡托麗娜猛然蹬地，一直線衝到我面前，將她反持的匕首朝著我的側腹砍過來。

速度算得上滿快的。不過遠遠不及學姊，和克拉利絲小姐相比也較慢。為了防禦攻擊，我立刻展開第三隻手。

鏘！金屬與金屬互相碰撞的聲音響起。

那不像是匕首與布料相撞的聲音。但是，匕首確實被布製的披肩彈開，發出了這般聲響。

卡托麗娜大概也理解了披肩的能力，她咬牙切齒，好像會扎人的目光直瞪著我。

「…………放水？你真的有這個需要？」

卡托麗娜的氛圍變了。

見她自全身散發的魔力稍微增強，大概重新施展了強化身體的魔法吧。

變化不止於此，一層淡薄的黃光包覆了她手持的匕首。她大概是理解到單靠匕首無法對抗我的披肩，因此施加了某種魔法。既然初始狀態就能施展，應該是強化武器利度的土屬性附魔魔法。

我仔細觀察她的舉動，聽見咂嘴聲從她那邊傳來。

「……………哈哈，糟透了。只有最糟糕的預感啊，根本是隻死狸貓。」

「人家說貓有九命喔。」

我知道她暗指的意思，但是我故意這樣講。

「嘖！你明～～～～～明就聽懂了我想講的是什麼意思吧？啊～～真是氣死人了，這種傢伙居然實力特別強。」

她的身子倏地往一旁移動。

「喂喂，別看我這樣，我好歹也有好好鍛鍊自己喔。」

「剛才過了那一招，我已經很～～～明白了。」

她像是以我為中心劃圓般移動。緩慢而從容，就像肉食動物準備撲向獵物般，觀察我的動作並對我投出銳利的視線。

在她剛好繞了一圈的時候，我聽見附近有東西遭到擊打的聲響，我的視線一瞬間轉向該處。那似乎是琉迪用魔法擊倒對手時的聲音。

「你啊，可愛的淑女就在眼前居然還東張西望，很有膽量喔。」

我將視線轉向說話聲的來向，她已經來到我眼前。她睜大了眼，手中的匕首——黃光環繞的刀刃已經直逼向我。

我確實一瞬間轉開視線了。

但是我並未放鬆戒心，而且我平常就和克拉利絲小姐與學姊練習對打，這個速度我還能應付。我也早已經做好準備，隨時都能保護自己。

「妳揮舞的傢伙就可愛淑女來說稍嫌嚇人了啊。不過，可愛淑女這一點，我不否認就是了。」

攻擊力道大概加重了。我用第四隻手擋下後，抓住她的手臂，同時以第三隻手抓住她的身軀，隨意往一旁拋出。

她並未被狠狠摔在地面上。問題也許是我甩出時太過使勁了。她俐落地著地後，立刻舉起匕首再度衝向我。

我一次又一次擋下她的匕首，在她露出疲態時朝她的側腹使出一腳，她便大幅向後退開，緊接著說：

「糟糕透了。真是恥辱。」

語畢，她將武器收入鞘中。

她幾乎沒受傷才對，所以應該還能再打下去。但是她已經理解了。明白自己沒有勝算。

她跨大步走到我面前，直瞪著我說：

「今天是我輸了，但是你給我記住。」

砰。輕微的衝擊灌向腹部。

「下次我會贏。」

這就是卡托麗娜的宣戰布告。

「嗯。披肩之外的武器？」

水守學姊將汗濕的髮絲梳向一旁後，手中拿著乾毛巾，口中唸唸有詞。

穿著武道服的學姊將長至肩膀的頭髮束成馬尾，露出纖瘦的後頸。水嫩白皙的後頸彷彿釋放著某種誘人的魔力，讓我實在無法挪開視線。就算想挪也挪不開，真想伸手摸摸看。

「還真是非常困難的問題……」

「的確是非常困難的問題。」

為何如此美麗脫俗的水守學姊沒有粉絲俱樂部呢？我問過學園內的許多人，卻無法發現其存在，太不合理了。

我反而發現了三個粉絲俱樂部，和遊戲中的設定相同。學生會長的親衛隊ＭＭＭ與當代聖女的聖騎士隊ＳＳＳ，以及最近新發起的琉迪的親衛騎士隊ＬＬＬ。

乾脆就由我來新設粉絲俱樂部吧？遵照慣例，名稱就取作ＹＹＹ如何？會員編號０號真令人憧憬。

「根據你所選的武器，可以增強你的長處，也能消除你的短處。」

「……老實說，我覺得選項不只是武器，也能考慮拿盾。」

因為沉浸在無謂的妄想中，讓我反應慢了一拍。

「這樣啊，自己用盾專心保護自身，用第三和第四隻手攻擊。視狀況需要，還能將第三與第四隻手挪作防禦，堪稱銅牆鐵壁。」

在遊戲中因為無法裝備弓箭等的遠距離武器，最有人氣的運用方式就是裝備四面盾牌當肉盾。不過這回可不是遊戲，沒有什麼裝備限制。為了補足自己的弱點，拿弓也是不錯的選項吧？

「我個人推建你實際上用過後，選擇自己覺得順手的武器。」

「果然還是這樣啊……」

「我本身目前修練刀術和薙刀術，也學了少許弓術，不過小時候除了這些之外，被要求練過不少武術。其中與我最合適的是薙刀，使起來最強。為了維持自身的動力等等，我認為個人的適性高低也很重要。」

「既然這樣……先稍微碰過各種武器會比較好吧？」

我說完，學姊點頭。

「沒錯，我是這麼認為。不過稍微有經驗之後，就要盡早選出要專精的武器比較好。全部的武器都練個一招半式太浪費時間。」

與其樣樣鬆，專精其中一項比較好。是這個意思吧？確實有道理。

「既然這樣……總之就要從『不管什麼都先試試看』開始做起吧？不過這樣一來，要從哪種武器開始嘗試比較好？」

穩健的選擇大概是劍，追求和風就是刀吧。要活用長度的話是槍，其他還有錘、斧、弓。

「刀或薙刀的話，我能稍微指點你，想更深入鑽研就到武道場找我吧。對了，刀和薙刀真的是很棒的武器……鋒利遠勝其他武器……也方便施加魔力強化，非常推薦你

使用。除此之外，持刀就無法配盾牌，需要以護手防禦或閃避，但是瀧音你已經學會心眼，而且能使用第三與第四隻手，就可以補足這些弱點並澈底發揮刀原本的強處……我是這麼認為，不知道你怎麼看？」

不知道你怎麼看？——學姊這麼說的同時還緊握住我的手……學姊對刀的熱情真不是蓋的。哎，我本來就覺得乾脆選學姊或克拉利絲小姐擅長的武器，沒什麼不好。

「這樣嘛……就從刀開始嘗試吧？」

「呵呵，我就知道你有朝一日會這樣講，已經事先準備好了！」

學音學姊如此說完，倏地取出木刀。是說，這柄木刀剛才到底收在哪裡啊？

話說回來，喜孜孜的學姊真的好可愛啊。現在必須回絕她真是教我扼腕。

「那個，難得學姊都為我準備好了，我也非常開心……不過接下來還要上學。」

學姊點頭表示理解。

「也對，雖然我也想放學後就陪你練習，不過我有風紀會的工作……從明天早上開始如何？」

若是明天早上，當然沒問題。

「請多多指教。」

我這麼說完，學姊像是突然想到什麼似的，握拳輕敲掌心。

「對了……之前你提到的那件事，好像真的能實現喔。」

「呃～～學姊是指哪件事？」

難道是指ＹＹＹ成立了？如果真是這樣，先稍等一下。在成立水守雪音粉絲俱樂部之前，沒有人來問過我一聲吧？這可是無法原諒的愚蠢行徑。如果把會員編號０號或者１號讓給我，我可以考慮網開一面。哎，不過肯定不是這件事吧。

「我是說迷宮講習。看來我們好像有機會組成一隊喔，當然琉迪也一起。」

我點頭應聲。

「是毬乃小姐幫忙安排的嗎？」

「我稍微提了一下，之後通知馬上就來了。她只輕描淡寫地說『籤放進去了』。」

毬乃小姐ＧＪ！這樣一來就能和學姊組成同一隊探索迷宮了。只要其他成員還算可以，第一次就攻破十層也不是夢想。

「瀧音……好像很開心喔。」

「這是當然的嘛，能和學姊一起啊！」

我如此說完，學姊面露笑容，搔著臉頰。

「我說你啊，講這種話竟然還……算了，當我沒說。差不多該上學了。」

學姊語畢便轉過身。就如她所說的，考慮到要先返家沖澡再出門，時間已經相當緊迫。

和琉迪一起抵達學園，好奇的目光迎接我們。原因大概是走在我身旁的琉迪。換作是我，應該也會忍不住偷看吧。

琉迪大概很習慣這種視線了，畢竟她本來就是公主這種立場尊貴的女性，早就習以為常才正常吧。

「早啊。」

在這樣的視線環繞下，卡托麗娜毫不介意就走上前來搭話。

她大概對那些視線沒有任何感覺，正常地與琉迪說話。

同時伊織也一樣，不把眾人的目光放在心上。他滿臉笑容地與我們一起談天說笑，不過話匣子似乎關不上。

「先別聊了，今天從第一堂課就要移動吧？該走了。」

於是我如此催促三人。

我們四個人走了一段路，突然間，走在前頭的琉迪和卡托麗娜停下腳步。

「嗯？怎麼了？路都被擋住了耶。」

「真的好多人……發生什麼事了嗎？」

平常不會出現一大群人擋在路上，因為大家馬上就會往目的地移動（轉移）。我就像圍觀看好戲的，擠進人群之間看向位在中心的那個人。於是我馬上就理解到是那個事件發生了。

我在自己開出的道路上稍微後退，對琉迪她們招手。一部分的學生雖然對我皺起眉頭，但是一見到琉迪，立刻就斂起表情，甚至爭先恐後為琉迪占位子。他們十之八九是LLL的成員吧。

我領著琉迪等人來到視野開闊的地方，用下巴示意她們往那邊看。

站在那裡的是學生會長兼三強之一的主要女角「莫妮卡・梅爾傑迪斯・馮・梅比烏斯」，以及身為風紀會會長，同時也是當代聖女的主要女角「絲蒂法妮亞・斯卡利歐聶」，兩人齊聚一堂。

「學生會長和聖女大人！三會中的兩大巨頭同時出現了！」

「啊啊，真的好美……」

圍觀的學生們交頭接耳如此說道。我向旁人開口詢問，對方立刻就告訴我當下的狀況。

「噢，發生了用魔法對轟的爭執。恰巧路過的學生會長和聖女大人出手解決了。」

這下不會錯了。這是男主角與接下來和主線劇情密不可分的三會及主要女角初次相遇的事件。因為伊織等人對三會還沒有相關知識，視情況也許我必須向他說明。

話說回來，是不是少了一個人啊？我沒找到男性角色當中頗有人氣的式部會會長貝尼特卿。在這個場面難道三人沒有齊聚一堂嗎？不對啊，我印象中是這樣沒錯。

我這麼想著的時候，正好就看見他往這邊走過來，而且他身旁有一位身穿和服的女性。當他們倆走向學生會長，原本水洩不通的群眾頓時有如摩西分海往兩側讓出一條路。話說，明明貝尼特卿才是會長（式部卿），但因為那身和服大放異彩，職位為副會長（式部大輔）的女性更加吸引視線。真不愧是魔探之中服裝不受拘束的前幾名，在她身上已經找不到任何制服的要素。

「嗨，怎麼回事啊？學生會長和風紀會長聚在一起。」

他的登場讓現場氣氛頓時驟變。一年級生雖然滿臉問號，但二、三年級生紛紛對他投出憤怒的視線。

我前方的男性咂嘴唾棄，一旁的男性則說著「那個死尼特」之類的話。附近的女同學則將冰冷的目光投向和貝尼特卿一同現身的女性。

「哎呀，是貝尼特啊？」

「您好，貝尼特同學。」

「發生了什麼事啊？這麼多人圍在這裡？」

貝尼特一面說一面環顧四周。他的視線似乎有一瞬間停留在我這邊，大概是因為琉迪吧。

「原本只是小口角，但演變成動用魔法的爭執。」

「我和絲蒂法正好在場，就順手解決了。」

語畢，莫妮卡學生會長聳了聳肩。

「原來如此，所以才引發這般騷動……」

貝尼特再度掃視四周，隨後他輕聲一笑。

「什麼嘛，只是浪費時間啊，辛苦了。我真是萬分費解，為什麼學園不強迫問題學生和劣等生退學啊？真是有夠礙眼。為了不讓髒東西闖進我的視野，真希望這些傢伙早日回鄉，別再出現。拜託不要浪費我們這些菁英的時間。在這裡旁觀的閒人當中也有幾個礙眼的傢伙吧？」

他如此說完，學生會長她們的氣氛驟然轉變。

「哎呀，貝尼特，你剛才說了什麼？人總是不免失言，有沒有預定收回？」

「就是說啊，這話說得太過頭了喔。」

「事實如此啊。妳們也這麼認為吧！這種毫無才能的問題學生還是早早退學就好了。學問不精，也不懂魔法，家世低劣，簡直是無可救藥！」

「確實如此，貝尼特卿所言甚是。下等的猿猴就該盡早捨棄才是。」

那個人的氣氛好像讓周遭的溫度頓時下降幾度。

「哎呀呀，貝尼特同學和紫苑同學，請鄭重道歉。」

我看向從剛才就滿口正經話的聖女，不禁在心中輕聲嘆息。當下出現在這裡的主要角色中，個性最扭曲的就是她。同時她是我一定要拯救的主要女角，而且是難度非常高的女角之一。

聽她這麼說，貝尼特毫無愧色，臉上笑意反而更深。

「哈哈哈、哈哈哈哈哈哈哈哈哈～～哈哈哈哈！我只是實話實說吧！」

貝尼特話一說完，站在附近的刺蝟頭男學生氣憤難平，走向貝尼特面前。刺蝟頭男一開口就說：「喂，死尼特。」開始口角。

遠遠看著他們吵架的男生們紛紛竊竊私語。

「嘖。雖然不爽，但是尼特是真的有實力。」

「聽說式部會的成員已經攻破第五十層了喔。三年級生似乎還攻破了第六十層。」

「真的假的！平常看起來明明都在玩啊！」

「會讓人覺得認真鍛鍊很沒意義啊。果然天分才是真正的關鍵吧？」

我無所謂地聽著他們的話，突然有人拍了拍我的肩膀。

是琉迪。
「欸，那些人是誰啊？我雖然認得學生會長，但不認識另外兩位……此外大家說的三會是什麼，你知道的話可以告訴我嗎？」
「什麼啊，妳不曉得喔？該不會伊織和卡托麗娜都不曉得？」
我姑且一問。他們八成不知道吧，因為遊戲中是由我在這個場面講解。
如我所料，伊織他們好像都不曉得。我稍微清過嗓子，開始解說：
「這個學園裡頭，有三個掌有莫大權力的組織，合稱三會。」
我將視線轉向莫妮卡學姊。
「第一是莫妮卡．梅爾傑迪斯．馮．梅比烏斯學姊率領的學生會。在入學典禮上，妳們應該都見過莫妮卡學姊吧？」
仔細一想，我和伊織都不在場。算了，這不重要。
隨後我將視線轉往制服上頭披著白袍的絲蒂法妮亞學姊。
「第二是絲蒂法妮亞．斯卡利歐聶學姊，也就是聖女大人率領的風紀會。說到聖女大人，指的當然是當代的聖女大人。這位大人更是不需要說明吧。」
她們的視線隨著我一起挪動，轉向那個裝模作樣的男性，以及那位和服美人。
「第三是貝尼特學長率領的式部會，那個和服美女也是式部會的幹部。貝尼特學長好像是法國的貴族喔。」

「貴族喔？感覺起來……我是不曉得式部會是什麼組織，但很確定印象不太好。」

卡托麗娜說道。我暫且點頭同意。

「哎，給人的印象先放一旁，學園運作上的重要事項幾乎都是由這三會來決定。不過，要加入三會的首要條件是成為一流的魔法師。簡而言之，就是菁英分子。如果將來想選擇魔法騎士或宮廷魔法師這類有權有勢的工作，三會也許是個不錯的目標。有些小道消息說可以拿到嚇死人的內部推薦分數，而且企業和國家對三會的評價也很高。」

「不過無法輕易加入吧？」

「嗯，這是當然的。不只一定要成為一流的魔法師，有些會也有特別的條件，而且還有人數限制。哎，不過下層組織就沒有限制。順帶一提，式部會沒有下層組織，學生會和風紀會才有下層組織。」

在遊戲中為了加入學生會和風紀會，必須從下層組織開始往上爬。唯獨式部會有些特殊，若非ＲＴＡ(Real Time Attack)玩法，不到第二輪遊戲就無法加入。除此之外雖然不對外公開，其實也設有下層組織。

我結束說明時，貝尼特他們的口角爭論正迎向高潮。

「喂，死尼特……你有種就再說一次。」

刺蝟頭凶惡地瞪著他的眼神有如不共戴天，但貝尼特只是鄙視般輕聲吐氣，揚起嘴角。

「很好，我再講一次讓你聽。遲遲無法攻破迷宮、學力低落、素行不良。光是出現就很礙眼了，早點退學回到鄉下比較好，這樣對你們還比較有益。哈哈，我這個人真懂得為人著想！」

貝尼特話一說完，一旁的和服美女就開口打圓場。

「貝尼特卿，即便真的是事實，講法也應該委婉一點吧？」

「沒這回事，我認為坦然表明事實才是對他們好。」

看著式部會這兩人的態度，學生會長猛嘆一口氣。

「式部會還是老樣子。你們幾個似乎缺少了人身為人不可或缺的一部分啊。」

站在貝尼特身旁的千金大小姐呢喃說了聲：「哦？」面露微笑轉身面對學生會長，但她眼中毫無笑意。

「哦，學生會長大人，要奴家送您一次不信任案也是可以喔。」

「辦得到的話儘管來。如果我沒記錯，那是式部卿（會長）的權力，憑式部大輔（副會長）還辦不到吧？」

「就算沒有這個權限，奴家也能在眾目睽睽下把您打得落花流水。名聲墜地的您自然會從會長寶座摔下來，奴家就在旁看好戲吧。」

「哦……紫苑，難道妳以為妳能勝過我？敗北而輸光名聲的人究竟會是誰還很難說喔……不好意思，已經墜到谷底就不會再往下掉了吧？」

兩人雖然面露笑容卻毫無笑意。換作是少年漫畫，兩人身後大概會冒出轟隆隆的狀聲詞，而且背景還畫上蛟龍或惡鬼之類的。

「上課時間也快到了，各位差不多就到此為止吧？」

兩人互瞪好像會永遠持續下去，但因為聖女絲蒂法的一句話劃下休止符。

「哼！」

兩人同時撇開臉後，紫苑學姊走進轉移魔法陣中。貝尼特見狀便拋下一句：「哈哈哈！之後再會吧！絲蒂法妮亞大人。」跟隨紫苑同學的腳步走進轉移魔法陣。刺蝟頭沒有走向魔法陣，而是往出口方向離去。

目睹眾人離去後，聖女絲蒂法說：

「好了，各位，馬上要上課了喔，朝該去的教室移動吧。」

如此要求聚集於此的學生們解散。說完後，她也走進魔法陣，轉移消失。

最後學生會長也和聖女走向同一個魔法陣，但她突然轉過頭來，看著我便挑起嘴角一笑，隨後走進轉移魔法陣。

「哦哦，那些人就是三大粉絲俱樂部的……」

「絲蒂法妮亞大人真的好棒啊。進SSS真是太對了。」

「我覺得莫妮卡學生會長比較帥氣，絲蒂法妮亞大人就是有種無法接受的感覺。」

「不，我認為成立不久就躋身三大粉絲俱樂部的LLL最好。」

附近的學生紛紛開始稱讚各自力推的女角。

伊織看到那模樣，大概心生疑惑了吧。

「欸，幸助，你知道三大粉絲俱樂部是指什麼嗎？」

我先是誇張地裝出驚訝的反應說：「喂喂喂，你連這種事都不曉得喔？」才開始解說。

「當然就是指這學園中人氣最高的學生的粉絲們組成的俱樂部嘛。其中兩人剛才不就同時出現了？」

我揚起下巴示意。伊織聽了呢喃：「原來是這樣。」

「該不會就是莫妮卡會長和聖女絲蒂法妮亞大人？」

「對。莫妮卡大人的親衛隊（粉絲俱樂部）MMM；當代聖女的聖騎士隊（粉絲俱樂部）SSS。」

「暫停一下，MMM是什麼啦？名字的略稱嗎？但這樣SSS就說不通了吧……」

卡托麗娜萌生的疑問非常正常。我起初也認為莫妮卡大人的粉絲俱樂部是從名字的開頭發音而來。因為莫妮卡・梅爾傑迪斯・馮・梅比烏斯寫作Monika Mercedes von Möbius，但實際上不是因為這樣啊。

「這還用問，ＭＭＭ當然是指莫妮卡大人真是莫妮卡（註：「莫妮卡」與「真是」的日文發音開頭皆為Ｍ）嘛。順帶一提，ＳＳＳ是絲蒂法妮亞大人超級絲蒂法妮亞（註：「絲蒂法妮亞」與「超級」的日文發音開頭皆為Ｓ）。」

「我真的完完全全無法理解。」

琉迪不知該作何反應似的說道。我第一次得知的時候，也覺得「這傢伙在講什麼鬼話」。

「ＭＭＭ的解釋是，莫妮卡大人就有如女武神般凜然美麗，這部分還能理解。但是接下來就聯想到『既然這樣，女武神就是莫妮卡大人吧？』，最後得到了『莫妮卡大人就是女武神』的結論。那麼你說誰是女武神？那當然是莫妮卡大人嘛。」

「莫名其妙……」

「簡單說，ＭＭＭ那群人的解釋是，莫妮卡這個名詞中已經帶有女武神這個意義了，莫妮卡大人真是莫妮卡指的就是莫妮卡大人真是女武神。」

簡單說就是莫妮卡大人真是女武神（莫妮卡），像這樣加上標註。大概吧。

「頭真是好痛……」

卡托麗娜，妳去Yah〇〇把這句話餵G〇〇gle看看。話說有些瀏覽器還真的能夠辨到……

「SSS也差不多。SSS他們的解釋是絲蒂法妮亞這個名詞就有大天使的意思，換言之……」

「就是絲蒂法妮亞大人超級大天使（絲蒂法妮亞）的意思。」

「沒錯，就是伊織講的那樣。」

伊織應聲點頭表示理解。這種解釋真的能理解嗎？

「對了，剛才有人說三大粉絲俱樂部吧？最後一個是哪個？」

聽卡托麗娜如此問道，我用視線回答。

「嗯？怎麼了？」

然而我視線所指的琉迪渾然不覺。不過卡托麗娜和伊織似乎都懂了。

「哈！原來如此。很合理啊，人長得漂亮，腦袋又好，魔法也很拿手。」

「就是這樣啦，琉迪。好好加油喔。」

我硬是把話題轉回來。

「？」

她看起來好像還無法理解，但周遭的反應相當顯著，許多學生看著這邊交頭接耳。

「我還是加入ＬＬＬ好了。」

「是啊。如此美麗又高貴，還是妖精族的公主，簡直太讚了。」

群眾的騷動漸漸向四周傳開。直至這時她好像漸漸會意了，所以我也不賣關子了。

「三大粉絲俱樂部的最後一個，就是最近會員人數如雨後春筍般急遽增長的妖精族的新星琉迪薇努・瑪莉・安潔・多・拉・多雷弗爾公主的親衛騎士隊ＬＬＬ（Love Love琉迪薇努大人）。沒錯，就是妳的粉絲俱樂部。」

我如此說完拍了拍琉迪的肩膀，琉迪脫口冒出「咦？」這樣可愛的聲音。

琉迪呆愣的表情，我應該一輩子都不會忘記。

雖然我事先早已預料，不過下午課程真的對我毫無意義可言。

光就授課計畫（Syllabus）的內容來看，課程大多都是以遠距離魔法為主的應用魔法課程。其中也有一部分以研究為目的的課程，但是看起來在迷宮的戰鬥上沒有任何用處，我也沒興趣參加。況且我對魔法的基礎知識應該是全學園最低吧。

不過，也許我會奇蹟般學會遠距離魔法，或是能發現對我有用的魔法應用手段！我這麼認為而姑且出席了我老婆（光是在這遊戲中老婆就有好幾位）的課程，但是幾乎沒有任何成果。

不過我真正的目的——那搖晃的豐盈肉塊與甜膩的嗓音，毫無疑問滋潤了我的眼睛與耳朵，我非常滿足。遠距離魔法和身材曼妙的大姊姊究竟何者為重，自然無須爭論。

我預料過半男學生的注意力絕非集中在她寫的文字，而是雙峰吧。

「好～～那麼來實地練習施展魔法吧！習慣後請叫我過去，我會做個小測驗～～」

聽著彷彿在巧克力上滴蜂蜜般甜膩的說話聲，讓我覺得自己誤入了糖果屋。那已經超越幸福，有種近似中毒的感覺。

能不能在我身邊對我甜言蜜語一整個小時啊？不，不是甜言蜜語也沒關係，唸故事書給我聽也好。那太過甜美的嗓音反而會趕跑所有睡意，讓心跳速度直線上升……

「嗯？你是……瀧音同學？」

「喔哇！」

「……果然是瀧音同學啊。」

不知何時她來到我身旁。路易賈老師板起臉直盯著我瞧。因為初次相遇的情境不太好，也許她對我萌生了偏頗的印象。

我只是來這裡補充精神而已。

「這個嘛，其實喔……我的體質完全無法施展遠距離魔法。」

聽我這麼說，那張有淚痣的可愛臉龐微微歪向一旁，頭上冒出問號。

「呃……？」

老師呢喃說著，取出月詠旅行家查詢某些資料。我原本想探頭偷看，但她像斥責小孩子般罵我「不乖喔」。KAWAII。超過極限的可愛程度讓我不由得使用了世界共通語言。我想再聽一次，可以再探頭偷看嗎？

「……原～～來如此。是這樣啊。」

從這反應可以推知她看的是我的個人資料吧。

「嗯，就是這樣。我原本想說也許能抓到某些契機學會怎麼施展魔法，不過……」

我說出表面上的理由。真心話則是想見老師一面，這部分占了大約九成。當然我不會說出口。

竟然是這樣啊！見老師顯露這樣誇張的反應，就有種療癒感。打個比方，水守雪音學姊總會讓我萌生「熱血都來了，今天一整天要好好努力！」的幹勁，老師則是「雖然發生了難過的事，但感覺精神恢復了，再加把勁吧！」的心情。

「哎呀呀，原來是這樣……！老師明白了！讓老師來幫你，請詳細告訴老師。」

我口頭解釋的同時，實際在她面前施展魔法。我不經意看向四周，發現選同一堂課的學生們正看著我們，而且好像交頭接耳竊竊私語。

大概是因為我獨占了老師引人嫉妒。不對，他們又不是我，應該不是這種原因。這樣的話，或許是覺得：「為什麼明明不會施展遠距離魔法，還來上應用魔法課程？」哎，不管原因為何，也不需要特別介意吧。反正從下一堂課我就不打算再出席了。

「這真是……不大容易啊……」

「我也調查過是否有前例，不過症狀類似的初代聖女大人最後好像也無法解決。」

初代聖女大人只能詠唱回復魔法、強化魔法與結界魔法等恢復、輔助以及包含反擊魔法的防禦魔法。但是另一方面，回復魔法的效能堪稱超凡入聖，從瀕死狀態完全回復的魔法也能屢次詠唱。此外，由於其能力在各方面都非常誇張，諸位紳士淑女（成人遊戲玩家）替她取了千奇百怪的大量綽號。玩家之間最普遍的綽號就是最終兵器聖女吧。

「雖然想向初代聖女大人請教看看……不過人早已過世了。」

初代聖女大人是千年前的英雄之一，照理來說當然會認為她早已不在人世。不過其實她還活著啊……在遊戲中只要達成條件，她也會成為隊上夥伴。

話雖如此，我的目標是完成包含初代聖女在內的女角們的事件，引導所有人進入好結局。雖然現在實力還不夠，但有朝一日肯定會前去見她。

「決定了！老師來幫你想點辦法。我們一起好好加油吧～～！」

喔～～！老師握緊拳頭直舉向天。只有她一個人。

「……」

老師微微鼓起臉頰，直盯著我。咦？我也要？

「咳咳！要開始了喔～～！加油～～！」

「呃，喔～～！」

與路易賈老師宣言要好好加油後已經過了兩天。很遺憾，我日後完全沒有預定去見老師。

如果我的心靈遭遇挫折或破敗，要找那位全身散發療癒效果的老師，請她為我治癒也算選項之一，但目前我毫無挫折的感覺。雖然這樣會徹底折斷她的劇情旗標就是了。況且與其上她的選修課程，還是早點回家請克拉利絲小姐陪我對打比較有價值。

「克拉利絲小姐明明這麼厲害，為什麼那時會被逼到絕境……」

「這、這是誤會，當時只是一時大意……」

她的長耳朵微微下垂，表情苦澀。

與臉上的反應相反，克拉利絲小姐的攻擊越來越熾烈。不過灌注了大量魔力的披肩彈開她的所有攻擊。雖然還能彈開，但是……

「唔！」

以魔法強化肌力後使出的攻擊，每一擊都相當沉重。我無法順利化解威力，硬撐到雙腳幾乎要陷進地面。

披肩之盾的防禦力確實值得信賴，但是無法順利化解攻擊威力。經過每天的訓練和取得心眼技能，我確實比以前更懂得如何偏轉攻擊力道，但經驗還遠遠不足。

克拉利絲小姐持續攻擊，同時發動詠唱的魔法。

於是附近的地面捲起旋風，沙塵漫天飛舞，可視距離頓時降低到零。

像這樣不時交雜於攻擊間的魔法更是麻煩透頂。雖然大多能用披肩盾擋下，但克拉利絲小姐懂得靈活運用以主導戰局。不過這次她的魔法選擇似乎錯了。因為我持有心眼，沙塵對我沒效。克拉利絲小姐的動作全被我看在眼裡。

我認定這是攻守逆轉的大好時機，衝向克拉利絲小姐。克拉利絲小姐立刻注意到我正在逼近而向後退，隨後立刻開始詠唱魔法。

我拉近距離在魔法轟向我之前，以第三隻手攻擊……

我為此伸長披肩，突然間視野傾斜。似乎是我想踩的地面有個坑。

「是什麼時候……！」

此處是剛才克拉利絲小姐站的位置。她用魔法施展障眼法的同時在原處挖了坑吧。幸好我的腳也沒受傷，只是踩得太過使勁而失去平衡。不過這段空檔已經足以致命。

我重新取回平衡，將披肩往前方展開。看見眼前有個不小的塊狀物正飛向我。

鏘！金屬彈開石塊的聲音就在身旁響起。

「太大顆了吧！」

飛向我的不是石頭，根本是岩塊。大小幾乎跟人臉相同的岩塊。要是直接命中頭部，大概已經沒命了。我無法抵銷那力道而向後摔倒，這時克拉利絲小姐急速逼近，猛力踢開我的第三隻手，劍鋒瞄準了防禦的空隙直刺而來。

見到銀色劍鋒直逼眼前，我不由得倒抽一口氣。但是我也並非任憑她擺布。

「平手啊……」

克拉利絲小姐看著靜止在她眼前的第四隻手，如此說道。看來我勉強和她打成了平手。

我握住她伸向我的右手，站起身。

「雖然算是平手，但有種從頭到尾都被玩弄在股掌間的心情。」

「剛才是使詐讓您中計，不過開戰時彼此距離夠遠，以及讓您先發動攻勢這兩個條件影響最大。」

確實只要拉開一段距離以上，我的勝率就會顯著下降。原因是我幾乎沒有遠距離的攻擊手段。雖然能夠扔石頭攻擊，但已多次交手的克拉利絲小姐也心知肚明。如果事先就知道對方會投石牽制，她當然會有所防備，況且她也懂得施展結界魔法，還特別拿手。因此必然只能由我主動逼近。

「嗯～～果然還是距離啊……要不要乾脆學弓？」

「確實瀧音先生和弓的適性應該不差，此外槍枝或許也不錯，但雙方都相當耗費金錢……不過您身為花邑家的少爺，我想金錢方面應該沒有任何問題吧。」

金錢方面我的確並不擔心。其實我之前有請毬乃小姐帶我參觀過武器庫，當時就已經確認過庫藏。當然數量比魔杖或魔法書少，不過她說過想用就拿去，從那邊借來用也可以吧。

「弓或槍枝啊，這部分先等下星期吧。」

「下星期啊……差點忘了，這星期要第一次進迷宮吧？」

我重新取出披肩，使之變形讓克拉利絲小姐也能休憩。首先強化布料的左右兩端，並且刻意放鬆兩端以外的部位。於是結果如何？簡易的吊床就此完成。

「瀧音先生……那個，這樣形容是很失禮，不過魔力量真的堪稱怪物呢。」

克拉利絲小姐有些遲疑，還是緩緩地坐到那吊床狀的披肩上頭。最後她輕輕搖晃身子，露出愉快的笑容。

能讓身體和披肩對調的魔法，恐怕全世界只有我一個人想要吧。真想被她壓得抬不起頭來（就物理層面而言）。

「瀧音先生？」

「不、不好意思。呃，畢竟只是初學者迷宮，我並不怎麼擔心。況且這次還有學長姊或冒險者、講師陪同。」

「恕我直言，儘管是初學者迷宮，還是不該輕忽大意……」

「這樣啊。」我不由得點頭。

「那個，說起來非常不好意思，我第一次進迷宮時，那個，因為出乎意料的事態而慌張失措……」

「克拉利絲小姐也會？」

不好意思，其實很容易想像。

「是的，因為有當時在場的隊員幫助，我才能平安脫險，所以我想建議您最好不要疏於事先準備。那個，非常不好意思，剛才說的太過頭了些。」

為什麼她要道歉？我剛才只是表示感嘆而已，難道看起來像是動怒了？

「不會不會，我完全沒有生氣啊，甚至非常感謝妳的建議。我總是太輕率就行動，這建議對我很有意義。」

哎，這次的迷宮對我來說也不是第一次。

「瀧音先生很輕率……？在我看來完全沒這回事喔。」

經過事後反省，救援琉迪時的諸多行動確實十分輕率。不過對於選擇救她這一點，我沒有一絲後悔。

「哎呀，真的有很多該反省的啦。總之謝謝妳的建議，我會確實做好準備以挑戰後天的迷宮講習。」

事實上，因為我對接下來即將發生的事件瞭若指掌，為防萬一，我打算事先確實做好準備。

「不會，沒必要感謝……憑瀧音先生的實力應該不會有問題。不，就算稍微有一點突發狀況也不至於有問題。」

不過，主角引發的事件一向不會只是小狀況，而且遭到波及的我將會落入相當危險的處境啊……

刺眼的陽光灑落大地，藍天萬里無雲。

因為現在還是春天，天氣還沒熱到讓人滿身大汗。再加上有微風徐徐吹拂，稱得上舒適宜人。

既然天氣這麼好，我也想邀學姊、琉迪或姊姊一同去外頭野餐或露營，但是姊姊應該會擺出「烤肉根本是唯獨現充可用的權利」這類的表情。不過我想只要她親自試過，說不定會意外地沉迷其中。

雖然腦海中充滿了愉快的想像，不巧我們接下來要去的是迷宮，與天候沒有任何牽扯的場所。

言歸正傳，我們這次要探索的迷宮是初學者迷宮，內部應該是石造神殿般的房間與通道所構成。我誠心希望裡頭的溫度還在舒適的範圍，畢竟這部分實在無法透過遊戲體驗。

「……就這樣。有什麼……問題嗎？」

姊姊向學生們做最後確認。因為事先已經聽過說明，姊姊也只是為了提醒，所以沒有人發問。

「那就開始，加油。」

姊姊的視線一瞬間飄向我，隨後轉身走向治癒師們聚集的移動式保健室。

「初實小姐居然會來，真讓我意外。」

大概是因為附近沒人，或者是以為會埋沒在周遭人聲之中，她用的不是假裝的大小姐口吻。

「聽說大多數的講師都有參加喔。雖然好像還是可以推辭，但她說：『幸助和琉迪都在，這次參加。』」

「初實小姐看起來討厭跟人親近，或是對別人不太關心……該怎麼形容才好呢？」

「講得太直了吧？姊姊對別人是有點冷漠沒錯啦，不過其實很溫柔，人長得也漂亮，又有包容力……」

我說到這裡，因為察覺了姊姊的氣息，決定大肆誇獎她。

「總是關心著我，實際上很懂得照顧人，我提出麻煩的請求也願意幫忙，光是待在一起就忍不住開心起來，簡直是最棒的姊姊。」

「……好開心。」

咿！琉迪如此驚叫，大概是從未察覺姊姊的氣息吧。畢竟我在習慣之前，也曾有過她靠近到身旁之前渾然不覺的經驗。明明還沒進去過迷宮卻拿到了察覺氣息的技能，毫無疑問是拜姊姊所賜。克拉利絲小姐應該也算助力之一，話說她為什麼持有盜賊技能？

「我、我嚇到了。要、要是來到附近請說一聲啊，初實小姐。」

琉迪這麼說完，姊姊搔了搔頭。

「別這樣，會害羞。」

「到底哪裡有讓人害羞的要素……」

琉迪開始苦苦思索時，後面傳來了呼喚聲。

「喂～瀧音、琉迪、初實老師。」

現身的是將薙刀綁在背後，一身制服打扮的雪音學姊。學姊站在我身旁，看著琉迪，歪過頭。

「怎麼了嗎？」

「這個嘛，比方說類似從生物學的角度來思考畢氏定理的感覺吧？」

「聽起來八竿子打不著。」

這就先不管了。我如此說道，將話題作結。

「對了，姊姊怎麼會跑來這裡？現在好像要開始發表小隊成員，大家都開始移動了喔。」

「我有一件事一定要告知你們，雪音也還不知道。」

「請問是什麼事？」

琉迪放棄了恐怕無從解決的問題，開口問道。

「正好人都到齊，我就開始說了。這次一年級的初次迷宮講習，規定要組成五人小隊。」

「這之前就說明過了。應該說，姊姊，妳剛才不是在大家面前講過這件事了？在月詠魔法學園內能使用的綜合資訊終端『月詠旅行家』會收到訊息告知小隊成員，然後和自己的隊員到指定地點集合。」

我取出入學時每個人都領到一台的終端機，看起來就像智慧型手機。

「……嗯。因為一些原因，只有幸助你們三個人不會收到訊息。」

「咦？」

「啥？」

「嗯，初實老師，請問這是怎麼一回事？」

「你們光是三個人都算戰力過剩了。經過母親大人和我的判斷，縮減了小隊成員的人數。」

「該不會……？」

琉迪試探般說道。

「請你們三個人組隊挑戰迷宮。」

「咦咦！」

「！」

我們的表情同時蒙上陰影。

不對吧，拜託稍等一下。太奇怪，這樣太奇怪了吧？為什麼我沒有和伊織同一隊？之前就好像真的冥冥之中註定按照遊戲(魔探)劇情進行，為什麼會突然變成這樣？而且還是三個人進迷宮？

「初實老師，可以詳細解釋嗎？」

學姊恐怕是三人之中唯一還保持冷靜的人，她對姊姊問道。琉迪雖然也很驚訝，不過最吃驚的還是我吧。

「由於之前那些事，已經幾乎能斷定幸助在迷宮不會吃上苦頭。琉迪也學會了縮短詠唱，而且連中級魔法都能施展，兩個人就已經很充分了。再加上水守雪音，我不懂有什麼必要膽怯。」

姊姊說的也有道理。因為姊姊和毬乃小姐的協助，最近琉迪的實力明顯有所成長，而且她上次在迷宮也經歷過戰鬥。考慮到這一點，因為我已經從那隻無情巨魔取得了大量魔素，要單人挑戰其實也不成問題吧，再加上學姊簡直是如虎添翼。

「對你們說明這件事，就是我來這裡的理由。」

「……我明白了，姊姊。那麼我們接下來要怎麼做？」

「想出發的話可以出發了，這次沒有既定的出發時間。況且初學者迷宮在機制上不會遇見其他小隊。」

聽姊姊說完，我看向學姊與琉迪，兩人也都點頭表示隨時可以出發。

「我明白了。那我們就直接進迷宮了。」

話說回來，伊織那邊會發生的魔人族現身事件沒問題嗎？哎，應該沒問題吧。畢竟只是遊戲初期的頭目，魔人族（那傢伙）又很弱。

「好猛喔……」

打個比方來說，那就像是羅馬或埃及等處會有的石造神殿。我見過遊戲中的圖畫，知道大致的氣氛，但親歷其境還是不由得受其魄力所震懾。

「好了，這附近瀧音應該也仔細觀賞過了吧？差不多該出發了。」

學姊說完看向前方。我也跟著挪動視線，該處有一扇石門。

和學姊與琉迪討論之後，決定由我擔任前鋒，前中鋒則交給學姊，然後把琉迪擺在後衛。而且學姊宣言她基本上不出手，全部交給我們解決，所以我才會站在隊伍最前頭……必須領著隊伍前進，但是……

「學姊，我不懂這扇門要怎麼開。」

眼前有一扇石牆般厚實又沉重的石門，而且大小有十公尺左右。就算用盡全力去推，恐怕也推不動。這難道是為了讓巨人通過而打造的？在遊戲中也沒有這種門。更何況在遊戲中畫面馬上會切換到迷宮部分開始探險。也許正確說法是，在遊戲中這扇門被省略了。

「喔，只要摸一下就會打開喔，而且在這扇門之後就會開始出現怪物。目前應該還沒問題，不過還是要提高戒心。」

聽學姊這麼說，我伸手觸碰石門。

緊接著，地面就有如發生地震般開始猛烈震動。

「呀！」

琉迪大概是慌了手腳，她手握住魔杖，使魔力活性化的同時不知為何抓住我的手臂。我本身也因為突如其來的搖晃而吃驚，但是我誕生於地震大國日本，再加上親身體驗過高樓層的強烈地震，在我看來不算多強烈的搖晃。

不過緊貼著手臂的兩顆豐碩果實劇烈搖晃，比地面更讓我的精神驚惶。

緊接著附近迴盪著「嗡、嗡、嗡、嗡」的機械運轉聲，搖晃也越來越強。我把披肩化為類似手杖的形狀支撐身軀，維持平衡，因此勉強還能站穩身子。如果沒有，大概會很難繼續站著吧。琉迪緊緊攬住我的手臂，臉上的表情非常慌張。學姊表情平淡，若無其事地伸手扶著我的肩膀保持平衡。學姊，我還有另一隻手臂空著，要緊緊抱住也沒關係喔。

我萌生不會實現的心願時，一直迴盪的機械運轉聲停了下來，搖晃也漸漸遠去。

搖晃完全止住後，某處傳來了轟隆巨響。

定睛一看，石門的角落出現了大概能讓一個人通過的入口。如此巨大的石門聳立在眼前，再加上大震災級的天搖地動，然後莫名其妙的機械運轉聲隆隆作響，最後出現了一個大概能讓一個人通過的入口。這扇石門難道只是用來營造氣氛的裝置嗎？

「真是無法接受……！」

琉迪氣憤得渾身顫抖，一放開我的手臂就對著石門洩憤。一旁的學姊則是一副懷念的表情，說著：「我第一次來的時候也像這樣啊。」

開場顯得欠缺緊張感，這樣真的沒問題嗎？

如果這座初學者迷宮和遊戲中相同，應該不至於在低層數全滅才對。只要連道具都帶齊，甚至連十一層的隱藏頭目都算不上棘手。玩家們追求效率至極限並競爭彼此破關所需時間（用碼表測量現實中耗費的時間）——也就是所謂的ＲＴＡ中，主流路線是經歷最少的戰鬥，搜刮各樓層寶箱，抵達第十層並擊倒頭目。這座迷宮的難度就是這麼低，低等級也能輕易痛扁頭目。

但是在初次挑戰中，邪神教徒召喚的魔人族將會現身，必須打倒牠們才行。而且這些魔人族非常弱，弱得不得了。打倒魔人族之後，其中一名女角會說：「今天發生了很多事，還是回去吧？大家也都累了吧？」但是不撤退，深入迷宮最底層打倒頭目也很簡單。

對我這個ＲＴＡ經驗者而言，不抵達最底層就撤退甚至不在選項之中。再度深入最底層所耗費的時間實在太浪費了。

哎，我又不是男主角，就算遇到魔人族也不算什麼。早點打倒第十層的頭目，然後撤退最好吧。

「呃～～第一層只有魚布林喔？」

所謂的魚布林，指的是好像哥布林的身軀頂著魚頭的怪物，是種難以筆墨描述的小怪。

「是啊，教師是這樣講的。」

琉迪注意著周遭的狀況，如此回答。魚布林張開嘴，水槍般噴出水球，不過威力等同於孩童的玩具。換言之，只是衣服會濕掉而已。在遊戲的戰鬥中也只有攻擊十次還不一定能造成一點傷害的威力，堪稱全遊戲怪物最弱。不過魚布林是為了回收色情CG必須的怪物，若有能駕馭怪物的馴獸師角色加入隊伍，幾乎一定會招收魚布林當夥伴。

「……！來了喔！」

我聽著琉迪如此喊道，將第三隻手朝向進入視野中的魚布林。看來出現的數量只有一隻。

「要上了！」

我用第三隻手擋在前方防禦，立刻衝上前去。用第三隻手彈開飛向我的水球，將第四隻手砸向對方。

「啾啾～～！」

戰鬥……在遊戲中就這麼輕鬆簡單嗎？魚布林吃了我一拳就飛了出去，維持著扭曲的姿勢開始痙攣，但身體很快就變成粒子，留下一顆小小的魔石消失。緊接著魔素也浮現，分作三等份進入我們體內。

「……好弱。」

「……真的很弱。」

「哎，瀧音的火力就當下的一年級生來說非常強大。大概是這個原因吧？況且還要加上之前迷宮出現的事件。」

確實和上次迷宮的怪物相比，未免太弱了。

我撿起掉在地上的彈珠狀魔石，收進袋子。收集這個真的有意義嗎？

「好了，那就繼續前進吧。」

遵循學姊的指示，我們繼續前進。戒心似乎明顯下降了。

「景觀感覺很單調啊。要不是路線單純，說不定已經迷路了……」

琉迪如此呢喃。就如她所說，單調的石柱與石牆連綿不斷，有種同樣的風景不斷重複的感覺。

只是因為通道幾乎沒有分岔才沒有迷路，如果這裡的通道構造夠複雜，我們現在已經搞不懂自己身在何處了吧。

但是我有自信接下來幾乎不可能迷路。因為我知道在魔探中，這個迷宮的地圖除了某一層之外，全部都固定。而且我們剛才經過的通道與魔探中的地圖完全相同。

「是啊。如果通道很複雜，後果真……」

不堪設想這句話還沒說出口，我已經闔上了嘴。緊接著我對琉迪招手。

「琉迪，那邊有聲音傳來。大概會從那個轉角走過來。」

我說完，琉迪點頭，凝聚魔力。因為「啾、啾」的聲響按照固定的韻律往這裡靠近，我想對方應該還沒察覺……看來我猜中了。

魚布林自轉角現身的同時，遭到琉迪的魔法擊中而化為魔素。我稍微掃視周遭，不過這次似乎沒掉魔石，也有可能只是太小了，我沒發現而已。

「好了，繼續吧。」

我點頭。話說回來，魚布林為什麼要邊走邊發出「啾、啾」的聲響？

之後我們順利抵達第二層，終於開始出現魚布林以外的怪物。

「是泥土魔偶(Golem)啊～」

現身於眼前的是會動的土塊，泥土魔偶。遠遠看上去動作遲緩、行動單調，只要用第三和第四隻手其中一邊防禦，就能輕易完封吧。我這麼覺得，結果還真的成功完封。

太過輕鬆反而讓我嚇到了。

「大概只是適性太好吧。」

我如此說著，拾起小顆魔石。

與剛才那些魚布林的戰鬥明確的不同之處在於，牠們會正常攻擊我方吧。正常攻擊我方這描述也許有點怪，但我沒有搞錯。哎，其實只是魚布林屬於異端吧。

「畢竟只是低階樓層嘛。」

琉迪已習得縮短詠唱的影響也開始浮現，在這一帶的戰鬥應該不至於陷入險境。

我們如此說著，繼續前進。

「哎呀？」

在第二層前進了大約一半的時候，我們遇到了第一次的岔路。要說「終於」遇到岔路也行吧。如果這是國民級的某最終RPG，肯定會被玩家大肆批評地圖都是單行道。

「要往哪邊？」

右和左。這次左邊才是正確路線，右邊則是有寶箱的死路。有些人會說右邊才是正確解答。順帶一提，玩RTA的紳士們大概都會取走這個寶箱，不過有些狀況用不到。

「這個嘛，既然哪邊都可以，就往右邊走吧？」

琉迪覺得哪邊都可以吧。我贊成她的意見，往那條岔路前進。

一如預料，朝著該處前進之後的確是條死路，盡頭前方擺著一個陳舊的木箱。

「是寶箱嗎？」

「大概。應該不是陷阱之類的吧？」

事實上這個寶箱不是陷阱。更進一步說，這個迷宮的寶箱全都沒有陷阱，當然這我不會說出口。

「雖然我想問也是白問，你應該不懂偵查的技能吧？」

「不懂啊。也沒其他辦法，我一面用披肩盾防禦一面打開吧。」

我如此說著，將視線投向學姊，但是學姊針對這件事沒有開口。

我用第三隻手防禦自身，用第四隻手緩緩開啟。

裝在裡頭的是刻著魔法陣的小型紅色魔石。

「這是火魔石吧。」

「是沒錯。」

這種刻著魔法陣的魔石名叫陣刻魔石。這類魔法道具只要啟動魔法陣使魔石活性化，就能施展鐫刻於魔石上的魔法。這次拿到的魔石只要注入魔力給予衝擊，就會噴出火焰……應該吧。因為我沒有實際用過，不曉得是怎樣。

「我帶在身上也可以？」

「確實幸助你應該最需要吧。」

琉迪懂得使用火魔法，另一方面，我欠缺遠距離攻擊魔法，這類道具非常有益。

我認為陣刻魔石可能是對我而言遠距離的殺手鐧道具之一。儘管我無法使用遠距離魔法，但因為這個道具只由魔法陣和魔石構成，我應該也能啟動才對。不過我還沒有實際用過，還很難說。

話雖如此，陣刻魔石也有其弱點。

首先最大的問題就是「昂貴」。陣刻魔石是只能在迷宮中取得的稀有道具，特別是中級以上的陣刻魔石價格更是高昂。

第二點在於那是「消耗品」。魔石一旦使用就會失去魔力，變成單純的石頭。這也是「昂貴」的理由之一吧。

第三就是「火力不足」。因為當我能取得最強力的魔石時，琉迪等角色已經可以輕易施展更加強力的魔法，施展魔法的威力比較強。同時魔力恢復道具和陣刻魔石相較之下，前者的價格壓倒性地低。

因此我的結論是，一般情況下這只是輔助用的道具。

「好，那我們回頭吧。」

「也對。」

第三、第四層的外觀和第二層幾乎沒有改變，但是出現的怪物種類有大幅變化。魚布林已經不再出現，複數的泥土魔偶出現的情況增加了，而且還有新怪物開始現身。

「是普通的哥布林啊。」

那怪物的外觀就日本人的美感而言只能以醜惡描述。全身布滿皺紋，身軀消瘦到肋骨清楚浮現；眼球大概有三分之一暴露在空氣中，令人不禁懷疑是某種病症；長長的舌頭自喉嚨伸出，掛在嘴邊，唾液從那裡不斷滴落；腰間纏著一塊破布，手中拿著棍棒。防具薄得跟紙一樣，但是對棍棒得稍微注意才行。

其實遊戲中難易度也是從第三層開始攀升，不過……

我用第三隻手抓住了揮向我的棍棒，緊接著將第四隻手砸向對方腦門。

「咕噗～～」

「這地方真的很適合我啊。」

經歷了克拉利絲小姐的戰鬥訓練，哥布林的攻擊在我眼中既遲緩又單調，根本不可能擊中我，感覺就好像在欺負小孩子。

我回收魔石並且回到兩人身旁。

「獨自戰鬥的話，我開始覺得吃力了……是不是該學些近身戰鬥的技術？」

琉迪說道。不過琉迪本來就不是近身戰鬥型，而是魔法型角色。我覺得只要有最基本的防身術，剩下的交給隊伍處理就好。到遊戲後半還能無詠唱施展魔法轟炸。不過，我該怎麼告訴她才好？

「這個嘛，我想最基本的技術是一定要學……不過主要專注於妳擅長的遠距離魔法也不錯吧？那種程度的怪物，我也能想辦法擋住。」

雖然前提是有我在場……哎，應該沒問題吧。

「嗯～～……說的也是。」

如果允許我自由培育琉迪，我就會用近乎最佳解的手段提升她的能力。話雖如此，我要是直接說：「我知道妳的最強培育法喔！」聽起來根本是腦袋有病。

「琉迪的遠距離魔法確實令我聯想到學生會長。」

正式開始攻略迷宮後幾乎不曾開口的學姊對我的意見表示同意。

「我是因為什麼技能都不夠頂尖，只好往全方位發展。不過我也認為琉迪有遠距離的天分，就魔力來看也有詠唱最上級魔法的素質，我想應該能與學生會長並駕齊驅，甚至有機會超越她。」

順帶一提，學姊絕非「藝多不精」，而是全方位都有一流水準，和一般常見的樣樣通樣樣鬆截然不同。

「我考慮看看。」

「方向性的問題隨時可以找我討論，有關魔法可以找學姊。」

我把問題拋給學姊，她大方地笑著點頭。

「好啊，只要是我能指導的範圍，我都能教。哎，不過就你們兩個的環境，找學園長和初實老師指點應該更好吧。」

以琉迪的條件來說，最後還是要仰賴她們吧。雖然毬乃小姐母女的外表和個性有些突出，但都是置身最前線的魔法師。

就當下的進度來看，琉迪取得的技能已經比遊戲中多，看起來成長非常順遂。果然是優良環境的影響吧。無論是運動或讀書，環境都很重要嘛。不過也並非絕對就是了。

「那我去找毬乃小姐或初實小姐商量看看好了……嗯？但這擺明就是維持現狀而已吧？」

琉迪看著我，如此說道。我不明白她想說什麼。

「在我看來，維持現況最後就能得到非常充分的成果了耶……」

我說出心裡的想法後，學姊像是理解了什麼，低聲呢喃。

「啊啊，我知道琉迪想說的意思了，這種心情我也非常明白。我也有過同樣的經驗。說起來很難為情，我有時候也會按捺不住焦急。」

「……」

琉迪一語不發，只是凝視著學姊，握緊拳頭保持沉默。

「我的情況是……哎，這個之後再談吧。」

學姊說到這裡，打斷話題。我還沒有真的感受到氣息，不過應該有怪物正朝著我們而來。

不久之後，我們發現了成群的哥布林。

我要求琉迪施展魔法，她立刻開始詠唱。

「暴風之槌！」

詠唱結束後，她發動魔法。哥布林群前方出現了一柄綠色巨槌，隨即朝牠們揮落。刺耳的衝擊聲與來自爆炸中心的疾風迎面撲來。暴風之槌的效果就如同其外觀與名稱，是物理型的中級攻擊魔法。必須習得風與土魔法才能學會這種魔法，若能夠不在乎魔力消耗量，在中級魔法中排行最高階，是種不知為何被歸類於中級魔法的強力招數。

話說，除非是第二輪之後的遊戲，在這時應該還學不到才對……

而且這魔法的強處不只是猛擊而來的巨槌，在這之後吹襲周遭的疾風也十分棘手。直接遭到巨槌猛擊的兩隻似乎當場斃命，身軀漸漸化作粒子。此外位在魔法發動地點附近的哥布林群都被強風與衝擊力甩向牆面，猛然飛出去的其中一隻已經不再動彈。

位在一段距離外的哥布林群則是遭受強風吹襲而跌坐在地，全身破綻。

「好，結束了。」

哥布林被我揮落的第三與第四隻手砸扁，發出慘叫的同時化為粒子。

「琉迪的魔法真教人羨慕啊，我就辦不到這種事。」

如果能辦到，我也想試試看那種招式。在模擬戰鬥中已經體驗過數次了，不但非常難以防禦，在一旁擔任裁判的姊姊或克拉利絲小姐的裙子也會被風掀起，真是優秀的魔法。黑色超棒。

我如此羨慕琉迪的魔法時——

「不知足就是人的本性吧。」

在旁看著的水守學姊呢喃說道。

——雪音視角——

世上竟然真有這種人。首次讓我萌生這種想法的對象是我的親姊姊。

姊姊身為魔法師實力一流，在武術方面則堪稱怪物。所以我總是一次又一次、一次又一次地輸給她。儘管年齡差了兩歲，如果問我兩年後能否變得像現在的姊姊一樣強，我自己都深感懷疑，姊姊的成長速度看起來還更在我之上，我甚至覺得我往後一輩子都追不上姊姊。

「雪音是天才喔，我敢保證。」

姊姊以前總是這麼說。當時儘管我尚年幼，但也已經明白了。因為父母的心血顯然並非傾注於我，而是姊姊。也許父母都不禁迷戀上姊姊揮舞的刀吧，不再關心我的那種心情我也十分明白，因為最迷戀那刀法的人就是我自己。

姊姊是個天才。

魔法還另當別論，我敢說在使刀這方面，我一輩子都不會超越姊姊。我自認並非毫無才華，但是，正因如此我選擇了薙刀。正因為我在刀法上有不上不下的天分，姊姊的驚人才華看在我眼中更是顯著。我第一次逃避就是在這時候。

第一次讓我驚嘆「世上竟然有這種人」的對象是姊姊，而第四個人是瀧音。來到學園後，披著學生會長這人類外表的某種東西令我震驚，而後又目睹了將來必定名留青史的學園長，我原以為不會再遭遇這種驚訝，但我還是為瀧音感到驚愕。

他簡直異於常人，無論肉體或精神。

瀧音雖然自嘲為魔法儲存槽，但事實絕非如此。他的魔力依然不斷增加，要稱之為供給魔力的源頭「龍脈」也不為過。坦白說，當初我得知他無法施展遠距離魔法時，真的鬆了一口氣。回想起來，我現在知道了他為此苦惱不已，所以對當時的感想有些內疚，也希望能盡量幫他一把。不過我偶爾還是會忍不住想：擁有更在學園長之上的魔力，萬一他心懷惡意施展魔法，究竟會造成何種後果？儘管現在我敢斷言，假使他真能施展遠距離魔法，也絕對不會藉此為非作歹。

雖然瀧音的魔力堪稱怪物級，但操使武器的才華又如何？坦白說，我從他揮舞的刀感覺不到分毫特別的才華，使用其他武器也相同。刀法平庸至極，無異於一般初學者。

起初是我推薦他練刀，不過我也想過要勸阻他。然而，我現在覺得沒有阻止他是正確的選擇。他有其他人沒有的能力，那就是效率化與精簡化的能力，再加上堪稱異常的膽量。

那一天的情景依舊歷歷在目。他向我借木刀，我將木刀交給他，看他空揮木刀的那一幕。也許只是因為我長年來看著姊姊的刀法使我的要求過高，但我的第一印象是「沒有天分」。

然而數天後我再見到他，不禁感到驚愕。因為他空揮木刀的姿勢變得彷彿已經練習空揮好幾年。不過拿起武器與他簡單過招就知道，他的確沒有使刀的天分。

我訝異地問他為什麼會變得如此熟稔。

「咦？我只是一直空揮而已啊。」

他愣了一瞬間，理所當然般說道。

這怎麼可能。

我深感費解。這傢伙平常思路靈敏，有時候卻莫名遲鈍。關於他異常的學習能力，學園長之後向我說明：

「他一整天用同一種架式揮刀啊。對了，偶爾也會拍攝自己的動作來調整姿勢。」

疑問不禁脫口而出：就這樣？

「確實就這樣而已，不過小幸只要有空就會練習空揮，會一直練到睡覺時間喔。而且身體強化從不間斷。」

聽她這麼說，我大為震驚。

身體強化不是能夠隨時維持的魔法。我也很難長時間維持身體強化，就連毬乃學園長也不可能辦到吧。而且還持續不斷空揮木刀，太奇怪了，這就類似不停歇的全力衝刺，還維持一整天？

但是我轉念一想。

一般認為單純空揮木刀和身體強化後再空揮木刀，兩者相比是後者的經驗比較多。這在過去是口耳相傳，但在現代是已經受到實證的事實。

這時我突然想到。

如果這種練習長期持續下去會如何？

不知不覺間，我緊緊抓住了衣服。我一根接一根緩緩鬆開手指，張開的手掌已經汗濕。也許他能修成京八流究極奧義的其中一招。因為那招式的特殊性質，就連我姊姊也被認定恐怕不可能學成。

在那之後，我熱情地建議瀧音練刀。他有些吃驚的反應，我希望只是我的錯覺。不，正視事實吧，他應該真的有點被我嚇到了。但是就算對我退避三舍，我還是覺得這個建議是正確的。

他靈活操縱披肩，彈開了砸向他的棍棒。緊接著用披肩右端架開對方的盾牌，又以披肩的左端彈開利劍，看準門戶大開的身體急速拔刀。

「拔刀術」。

這正是刀術中最基本卻也最深奧的招式。這招式幾乎人人都能使用，但初學者與熟練者使出的威力全然不同。初學者連鋼鐵也無法斬斷，但也有無論龍鱗或祕銀都能斬斷的刀術高手，傳聞中也有達人能以木棒斬鐵。

他真的才開始練刀沒多久嗎？我時常觀察姊姊的師傅，但我在這個距離卻勉強才能看穿那道軌跡？瀧音果然異於常人。

「咦？騙人？才一擊？」

琉迪原本輕鬆寫意地掃蕩周遭的哥布林，不禁驚聲叫道。被俐落斬成兩半的巨型哥布林還來不及感到痛楚就化作粒子與魔石消失。

嘴角不由得浮現乾笑。我和紫苑當初那般苦戰的十層的階層主巨型哥布林，似乎還無法抵禦他的一擊，而且他在第一次攻略迷宮就辦到了。話雖如此，早在他連第五層的階層主都輕易擊倒的時候，這樣的結果就可想而知了。

這應該是值得讚賞的功績，琉迪卻擺出一副不開心的表情，走向瀧音。

「不留一點給我喔？」

「拜託，又不是甜點……」

看來琉迪似乎有些難以消化。她在戰鬥前那樣鬥志高昂，瀧音卻一擊就打倒了對手，這也是正常的反應吧。話雖如此，琉迪的暴風之槌直接命中的話，應該同樣能一擊斃命吧。

想到這裡，就學園一年級生而言，琉迪的能力也相當驚人。不過魔法方面還有學生會長和學園長，我沒有太大的訝異。

琉迪以逕自打倒階層主為理由，要求瀧音請她吃拉麵。這時我對他說：

「拉麵就由我來請你們吧。哎，真是了不起的攻略。」

我如此說道，瀧音露出滿臉笑容，琉迪看起來雖然開心，同時也有些不服氣。我安撫琉迪，眾人繼續往深處前進，最後我們見到一個木箱。琉迪打開木箱，拿取裝在內部的魔石並向瀧音確認，最後收進自己的異次元收納袋。

隨後我們走向回程用的轉移裝置，途中瀧音手拿著月詠旅行家，口中呢喃著令人費解的話語。

「……雖然不曉得能縮到多短，還是跑RTA流程看看吧？」

我無法理解他口中的話語，但我暫且不過問，走進魔法陣。哎，之後到了拉麵店再問他就可以了吧。

我們離開迷宮後，前去向不知為何神情倉皇的教師報告。在交談的同時，我觀察附近的狀況，發現舉止反常的人不是只有這位教師。

「——最後我們成功攻破了第十層。報告完畢……話說各位好像很慌張，發生了什麼事嗎？」

教師悄聲說：「妳是風紀會副會長，才特別告訴妳。」接著說明：

「是因為……迷宮裡似乎有魔人族出現。」

看來要請拉麵得等下次機會了。

教師們慌慌張張地東奔西跑的同時，我和琉迪先回家了。當然學姊請我們吃拉麵一事也取消了。畢竟發生了這種狀況，這也沒辦法吧。可以想見大概是魔人族引發了問題。在遊戲中只會簡明扼要地顯示一句「魔人族出現在校園中引發話題」，就此帶過。

回家後，我立刻更衣準備出門慢跑。我告知正在休息的琉迪我要出門，但是她立刻板起了臉。

「……你該不會要去慢跑？」

「是啊。」

這是當然吧？

「剛剛才去過迷宮耶，你不累喔？」

若問累不累，當然覺得累。不過——

「感覺好像也沒累到沒辦法慢跑和空揮。」

她傻眼地搖搖頭，呻吟著使勁伸了個懶腰，站起身。

「怎麼了？」

「我也要做點訓練。」

語畢，她喚來克拉利絲小姐，帶著魔杖離去。

在慢跑路線和瀑布都沒見到水守學姊的身影。這是當然的吧。當時留在那裡的她表情無比認真，在事件解決之前應該都不會離開現場。哎，不過遇襲的只有男主角的小隊，其餘擔憂都只是多餘的。祈禱她能早早回家吧。

「主角就是在那次事件受到三會的注目啊。」

若是遊戲第一輪，就只是單純受到注目而已。不過光是受到注目就已經非常了不起了（遊戲中的瀧音如是說）。此外，在第二輪遊戲有可能會接到邀請……這次大概不會吧。萬一真的發生了，我就得著急一些了。

慢跑抵達瀑布底下，我進行操縱第三與第四隻手的訓練，一段時間後開始空揮。總之先揮滿一千下……還沒天黑的話就揮到日落吧。

這時我猛然一揮木刀。這柄木刀是為了練習空揮而向學姊借的，聽說裡面有灌鉛。在腦海中回憶起學姊揮刀的模樣，再度空揮。身體右半邊的感覺不太對，我稍微調整後再度揮刀。

在空揮漸漸穩定後，我開始檢討至今的流程。從遊戲開始到進入迷宮，目前為止的流程若要打個分數，大概近乎滿分。能取得的技能大致上都拿到了，拜姊姊之賜取得的察覺氣息則是預料之外的正面要素。

至於稱得上必要的優秀技能心眼，雖然取得方法算是邪門歪道，但終究是到手了。伊織似乎也順利成長中，沒什麼好挑剔的。

真是順利的起手。順利到這地步反而教人不安。

若要訂立接下來的計畫，當下最優先的就是要完全攻略初學者迷宮。拿到攻略第十一層所能取得的所有技能之後，再前往學園外的迷宮會比較好吧。目前攻破了初學者迷宮的第十層，應該已經拿到挑戰其他迷宮的資格。

既然如此，要從哪個迷宮著手？我個人傾向挑戰初版贈品追加的迷宮之一。因為破關獎勵有點特殊，也有可能領不到就是了。這樣的話，特地跑一趟的收穫可能不多。

毬乃小姐和姊姊回到家時早已過了晚餐時間，來到深夜動畫開始播放的時間。兩人罕見地面露疲態（琉迪似乎還無法判別姊姊的表情，她說看起來總是同樣的表情），我為兩人端出加了許多砂糖和牛奶的咖啡後，兩人向我道謝並開始飲用。

「都調查得那麼澈底了，到最後還是沒查出原因。」

「學生們沒事已經是萬幸。」

遭遇魔人族的隊伍似乎只有主角那隊，這和遊戲劇情相同。他們的小隊中有學生會長莫妮卡，因而平安脫險。既然有莫妮卡會長在場，男主角他們就算完全不插手，她也能殲滅所有敵人。那個人和水守學姊不一樣，打從遊戲初期到最後都是作弊級的角色。其實三強之中一開始稱不上作弊級角色的只有水守學姊，應該說學姊才是例外吧。

不過這下傷腦筋了。

「為了確定安全，要封鎖初學者迷宮。」

姊姊語氣平淡地說著。

校方似乎抓到了行徑可疑的人物，但是迷宮有無危險殘留仍在調查中。哎，是妥當的做法沒錯。雖然妥當，但是令我不滿。在前往其他迷宮之前，我想要的某些技能可以在此取得，進度似乎會因此受阻。

另外，抓到的可疑人物目前正在接受訊問。不過她們提到校方會和多雷弗爾皇國合作處理，大概已經推測或是查明他們的身分是邪神教信徒了吧。

因為昨天才發生事件，隔天校園內的話題都圍繞著初學者迷宮打轉。就水守學姊所言，「照理來說，你們才會成為注目焦點」。第一次就攻破第十層可說是非常罕見的偉業，但因為發生了魔人族事件，攻略進度似乎未對一般學生公布。

一般狀況下，攻略進度會以排行榜的形式公開，顯示在學園配給的綜合資訊終端機「月詠旅行家」，但畢竟現在情況特殊。另一方面，校方雖然隱蔽了遭遇魔人族的學生身分，但消息似乎不脛而走，因此現在伊織的小隊格外受到眾人注目，特別是擔任隊長的伊織。

而且一部分的上級生也對伊織評價甚高，徵兆已經開始顯露。

「哦，又有人跑來看伊織了喔。」

我這麼說，橘髮男學生便附和：

「還真是大紅人耶！話說你喜歡哪一個？兩個都是大帥哥喔。」

他如此說著，把手臂架到伊織的肩膀上，手肘頂著他的身體。探索初學者迷宮的小隊中，橘子頭取代我成為伊織的隊員，他們也因此混熟了吧。兩人之間感覺不到隔閡，他在遊戲中也是會成為隊員的角色之一。

我們兩個這樣問伊織，伊織萬分困擾般皺起眉頭。

「兩個人都是男的耶，而且有一半目的應該是多雷弗爾同學吧……」

就如伊織所說，他們假裝注視著伊織，卻又不時偷瞄琉迪。的確像是把伊織當作藉口跑來看琉迪。

從琉迪的表情，我看不出她是否注意到這件事，她只是與卡托麗娜談天說笑。為琉迪而來的人想必大飽眼福了，不只是琉迪，還能同時欣賞另一位美女。

「對了，橘子頭，你也和伊織他們一起進迷宮了吧？有什麼感想？特別是魔人族之類的。」

「啥？誰是橘子頭……哎，算了。嗯～～那時候是有點嚇到了……話說我很意外伊織會這麼可靠，加藤也滿厲害就是了。」

「很意外……」

哎，從外表來看實在不覺得他會有所活躍吧。平常太普通了，根本不會留下印象。

「那學生會長怎麼樣？」

「會長喔？真的超誇張的，簡直跟怪物一樣，對吧，伊織？」

「嗯。對手明明是魔人族……打起來好像大人跟小孩子一樣，甚至讓我覺得對手很可憐。」

嗯。會長的作弊級實力仍然不變啊。

「而且她長得超漂亮，個性也好溫柔，難怪會有粉絲俱樂部。」

「我差點就決定要進MMM了。」

兩個人讚口不絕。不過橘子頭啊，我記得你偏好的女性是……

「橘子頭最中意會長？」

「沒有啊，會長是很優質沒錯，但我就是沒感覺。至少也要超過三十歲才行。」

他一說完，伊織表情僵硬，一動也不動。我第一次知道他的喜好時也嚇了一跳。不過在成人遊戲中，男主角的朋友或夥伴地位的男角一定會有些因素讓他們沒機會與女主角們結成一對，他的問題是只對熟女有興趣。

「果然還是數學講師好～」

「是、是喔。是這樣喔！」

喂，伊織，你嘴角在抽搐喔。

「感覺真的好性感，我打算找她聊聊喔！」

「是喔……別太超過喔。」

不過這還真是有意思。在少女漫畫中，主角的競爭對手會誘惑男生，或是暗示有其他女性存在，讓讀者心裡七上八下，但在成人遊戲中，友人角色都會先主動宣言：「我絕不會對女主角出手！」感覺正好位在兩個極端。畢竟主要客群分別是少女和大叔，兩者原本就是完全相反的存在吧。

這是我個人的意見，若要有所收穫，就必須付出某些代價。那也許並非遵循等價交換原則，也有可能付出了莫大的代價，卻只得到些許收穫。

不過如果代價對自己而言相當渺小，要付出也不須遲疑。

正因如此，我拋棄了教師對我的評價以及數學等一般科目的課程，來到了初學者迷宮前方。照理來說現在正是上課時間，因此沒有其他學園生。不惜捨棄上午的課程也必須挑戰迷宮的學生在這時候還不會出現，門可羅雀也是正常吧。

我手拿學生證，注入魔法使文字浮現。我將之擺到服務處的男性眼前，只見他將嘴脣緊抿成一直線，口中低吟著，露出一副欲言又止的表情盯著學生證上顯示的文字。

他之所以露出這種表情，大概是因為迷宮內部雖然已經確定安全，但是要放一年級生獨自一人進入迷宮令他猶豫吧。或者是無法理解我明明已經攻破第十層了，為何還要進入初學者迷宮。

也許兩種理由都有。他擺著一副骨鯁在喉的表情，最後還是一語不發地放我通過。

在我的腳踏進魔法陣之前，取出月詠旅行家做準備。我啟動了碼表功能，在轉移魔法陣啟動的同時按下開始計時的按鈕。

競速破關（Time Attack）最重要的就是如何精簡流程。一般而言，在遊戲的競速破關中與小怪戰鬥都是多餘的。當然需要經驗值的狀況下也會掃蕩小怪，但基本上都會忽視，只在能夠高效率累積經驗值的場所戰鬥。

這次的狀況，在半路賺取魔素（經驗值）的必要性完全不存在，因此我忽視所有敵人，直衝下一層。

「啾啾！」

魚布林見到我高速奔馳而過，大吃一驚，我不予理會，直往迷宮深處前進。不過路上的道具還是不忘記順手撿走。

當然，在遊戲中可以毫不歇息直接跑過整個迷宮，但在現實中辦不到。毫不休息就跑過好幾公里的距離，光以體力來說就不可能辦到。呼吸紊亂、雙腿僵硬如棒，最後甚至可能因為注意力散漫而遭到突襲。正因如此，一定需要休息。那麼該在何處休息？之前我們三人一面閒聊一面用餐的場所？不，不對，那邊需要稍微繞遠路。既然這樣——

「果然還是頭目戰啊。」

第五層的頭目是手持劍與盾的哥布林（哥布林騎士），與牠輕鬆過招的同時，我調匀呼吸。只要隨便操縱第三與第四隻手就能打倒，而且過一陣子就會重新召喚怪物，不但能拿到魔素（經驗值），還能撿到戰利品。雖然沒必要賺取魔素，但既然必須找個地方休息，這樣做還是最好吧？如果有能夠一邊休息一邊移動的交通工具就好了，不過現況沒有這種東西。

從第六層開始，小怪的麻煩度往上提升。那就是飛行怪物。有學姊或琉迪在場也許還不成問題，和我的適性實在不好。因為對方的攻擊對我不管用，不至於會輸掉，但還是盡量不要浪費功夫。當然全部選擇逃走。

我就這麼通過了第六、七、八、九層，終於抵達了第十層。這裡並不是我和琉迪、學姊一起跟巨型哥布林戰鬥的場所。

我取出月詠旅行家，按停碼表。

「一小時二十六分。要兩小時以內攻破還滿輕鬆的嘛。」

比一定時間更早抵達這裡，就能前往特殊樓層。看來我成功進入了該處。

正常狀況下的第十層是頭目房間，但特殊樓層的地圖是迷宮狀，而且構造非常複雜，第一次遊玩的紳士們大概需要一邊玩一邊筆記寫下路線。但是當情報已經湊齊，來到能夠挑戰競速的階段後，形狀固定的迷宮不過是一條直線道。

這次的初學者迷宮第十層的特殊關卡有八種地圖，每種地圖都有許多岔路，其中幾張地圖甚至暗藏無限迴圈，構造相當險惡。我在攻略資料尚不齊全的初次挑戰時也吃盡了苦頭，不幸中的大幸在於這樓層不會出現怪物吧。

我的目標第十一層必須在遊戲時間兩小時內從第一層開始，突破隱藏的第十層，抵達第十一層的頭目面前。當然計時方式是從進入迷宮開始算起。順帶一提，抵達第十層特殊關卡的時間限制是一小時四十分鐘，比這個時間慢就會轉移至巨型哥布林的頭目房間。

我重整呼吸，筆直向前跑。

第一個遇見的分歧是丁字路口。我毫不猶豫轉向東方，又撞見了十字路口。這次往北邊走，又是十字路口。很好，確定了，是類型D。既然如此，接下來就是東南西南南東北。

我毫不遲疑衝過整個迷宮後，最後抵達的死路深處有個轉移魔法陣。

「沒記錯嘛。」

我確認了時間，走進魔法陣。

轉移之後的地點有隻木魔偶。龐然大物的身高遠遠超過我，恐怕足足有三公尺，像是好幾根樹幹結合組成人的模樣。要是有巨人的孩童用樹幹製作火柴人，大概就會變成這樣吧。此外，頭髮的部分長滿了褐色樹葉，讓它看起來更是人模人樣。

那麼，這傢伙該怎麼攻略呢？當然是用道具。

我拿出之前取得的火系陣刻魔石，瞄準木魔偶發動。以前我和琉迪她們一起取得的那顆，以及剛才取得的那顆，毫無保留全部用上。

於是兩顆魔石綻放光芒，產生魔法陣，兩顆火球朝著木魔偶快速飛馳，在命中的同時引火。

木魔偶有三種。枯木身軀長著枯葉的木魔偶，以及長著綠葉的木魔偶，最後是沒有葉片的木魔偶。木魔偶整體而言對火焰沒有抵抗力，其中又以枯葉木魔偶對火焰的抵禦力最弱，光是連續施展初級火魔法就能輕鬆擊倒。

當然我無法使用，RTA玩家的男主角有些情況下也無法使用，不過這個迷宮的寶箱中就裝著陣刻魔石，簡直像是要玩家用在隱藏頭目身上。當然沒道理不利用。

我對第三隻手施加土屬性的附魔魔法，猛力毆打正熊熊燃燒的木魔偶。光是一拳就讓木魔偶倒地不起。它為了滅火而掙扎打滾時，我一次又一次、一次又一次追擊。

到討伐成功為止不到一分鐘。

我回收了出現的魔石後，往更深處前進。裡頭有一尊長著翅膀的女性雕像。當我站到那尊雕像面前，聲音便在腦海中響起。

——汝抵達此處實屬不凡。為褒獎此等偉業，特別贈汝以技能——

於是我的身體緩緩發出光芒。

——高速思考的技能。勿忘新益求新——

聲音響起的同時，腳底下浮現魔法陣。剎那間，我已經被送回初學者迷宮入口處。

「好耶！」

我握緊拳頭朝天揮出。取得了絕對想拿到的其中一個技能，讓我距離目標更靠近了一步。

我取出月詠旅行家確認時間。我在八點進入迷宮，而現在時間是九點四十分。刷一趟大概花了一百分鐘，算是很不錯的紀錄了。

「那麼！」

既然都通關了初學者迷宮的第十一層——

「就再刷一趟初學者迷宮吧！」

如果和遊戲中相同，在初學者迷宮能得到的技能一共有五種。其中三種對我有用，而剛才拿到的高速思考就是其中之一。高速思考是對所有數值提供加成的神技能，若要培育最強角色就一定要取得。遊戲中每個角色都能學會，甚至要說最終隊伍中每個人都持有此技能也不為過。

言歸正傳，我在初學者迷宮RTA第二趟取得的技能是耐力增強（小）。這技能在遊戲中幾乎沒有效果，只是體力稍微提升而已。老實說，純論戰鬥能力的話沒有也無所謂，但在美少女遊戲特有的許多夜間場面大有用途。而且必須持有一定以上的耐力才能攻略某位女角，有些紳士會為了那位女角，特地取得這個技能。

不過在遊戲化作現實的這個世界，我敢說這技能可能已經從谷底翻身。

「跑步的最長距離究竟增加了多少，之後要實驗看看。」

確認破關時間，大概花了一百一十分鐘。因為是第二趟，身體稍微累了嗎？速度比上次慢。

「也快到中午了，先吃頓飯……然後再進迷宮吧！」

連續取得兩個目標中的技能，我意氣飛揚地前往學生餐廳。

若是毬乃小姐不忙（這種機會不多），她有時會幫我事先準備便當。但是基本上，午餐大多數還是到店裡買或是在學生餐廳吃。特別是最近因為魔人族出現，讓本來就忙碌的毬乃小姐更是分身乏術，姊姊也忙得不可開交。

「瀧音你上午都在幹嘛？」

「這還用問，當然是修行。」

我與上午認真上課的伊織會合，領取用月詠旅行家預定並支付費用的套餐。伊織似乎也用月詠旅行家預訂了，他已經領到了午餐。

「呃～～……」

伊織傻眼地嘆息。哎，自稱蹺課跑去修行，這鐵定不是正常人會有的行徑吧。

這時我不經意看向他的午餐，餐盤上的菜色比過去稍微豪華了些。

「哦，套餐的等級提升了啊！」

「嗯，之前討伐魔人族拿到了很多月詠點數。其實絕大多數都是多虧有莫妮卡會長才能擊倒的。」

月詠點數有點類似在這座月詠學園使用的金錢。學園向學生收購在迷宮獲得的道具與魔石等物，轉換成月詠點數賦予學生。此外當初次攻破某座迷宮，或是創下攻略的新紀錄、在研究上留下成果等等成就，也都能換取額外的點數。我也因為初次進迷宮就攻破第十層，學園給了我就一年級生來說相當多的點數。

「所以才這麼豪華啊。」

我覺得稍嫌揮霍，但用餐的點數只算誤差範圍吧。

順帶一提，我付帳時使用的並非月詠點數，而是毬乃小姐事先幫我充值了與月詠點數分別計算的金錢，裡面充值的金額足以在學生餐廳點最昂貴的套餐數千次。順帶一提，她說這是一年份。等等，這絕對用不完吧？

而且據說無法將現金直接轉變成月詠點數。但是，可以購買魔法具再轉換成月詠點數。在遊戲中基本上只會使用月詠點數，當我得知現金也能用的時候真的大吃一驚。

「瀧音吃的午餐每次都很豪華啊……」

哎，你就當作是出身的差異，早點放棄吧。現在仔細一想，這制度對擁有金錢或權力的學生很優待。從這個角度來看，在學園位居高層的學生好像大多來自貴族或富商之家。

「正值發育期嘛。」

我決定採取胡說八道蒙混過去的戰術。嗯，要老實說是毬乃小姐給我的也無所謂，但是說明的過程就得提到親生父母雙亡的事實。

也沒必要故意讓氣氛變得凝重。

「話說上課感覺怎樣？」

「嗯～～該怎麼說明才好……？就正常上課吧？啊，這麼說來——」

「這麼說來？」

伊織暫停用餐，難以啟齒般欲言又止。

「那個喔，有一部分的人在講你的壞話……」

「你說那個喔。哎，可以想見啦，八成是琉迪的問題吧？」

有些事物在遊戲中無法感受，但在現實當中能親身體驗到。其中之一就是視線與敵意。

琉迪在校內的人氣火熱到能組成名為ＬＬＬ的親衛騎士隊（粉絲俱樂部），和她走得還算近的我目前簡直被當作眼中釘。琉迪基本上不對人敞開心房，總是表現得優雅但冷漠，不知為何卻時常與我交談，這應該也是其中一個重要原因。

這個嘛，畢竟都發生過那種事，這也是正常的吧。

也許是因為這樣，不分學園的新生或學長，一律將羨慕的目光或暗藏怨恨的視線射向我，甚至還有人對我拋出魔力。

「那也是一個原因啦……你常常像今天這樣蹺課，下午選修也幾乎都不出席……也有人說你是劣等生……」

這部分倒是千真萬確。

「這個嘛，就跟他們說的一樣啦。」

無從辯解，只能虛心接受的評價。因為就連室內課程的表現都很差啊。

「從這一點延伸，開始有人說什麼『應該把擾亂風紀的那傢伙趕出去』……雖然看上去應該是ＬＬＬ的人……」

原來是這樣。因為我和琉迪走得很近，就想找機會把我趕出校園。用意大概就是這樣吧？

唉，就算把我趕出校園，我想琉迪也不可能傾心於那個人……反正也沒有實際上的損害，放著不管最好。

「是喔，不好意思。你大概覺得不太舒服吧？」

「不是啦，問題不是我，是瀧音你……」

這種場外叫囂的行徑，只要我進入學園身分階級的上層，自然就會煙消雲散。不過我無法否認自己身為劣等生，蹺課慣犯也是事實，而且和班上同學也還沒混熟。但是女同學人人都很可愛，希望能建立一定的交情。為什麼成人遊戲和動畫中的路人女生都莫名可愛？

況且對琉迪的嫉妒之類的情感，並非班級內的問題，而是整個學園的事態。除非在學園擁有一定程度的權力，也許還是無法杜絕悠悠之口。

「沒差啦，我一點也不在意。我這男人將會在這個學園成為最強，這點程度的逆風，我根本不當一回事。」

「是喔……那個，瀧音還真堅強。」

「嗯，我可是最強的喔。」

你在說什麼啦——伊織輕聲笑著說道。看來他是發自內心為我的處境擔憂。

打從我還是遊戲玩家的時候，我就覺得男主角真是個好人。如果這傢伙變成女的，而且是成人遊戲的主要女角之一，無論長相如何，大概都能成為我眾多老婆其中一人。

我一邊吃聖代一邊如此想著。這時我注意到伊織一直盯著我瞧。

我用湯匙挖起一杓鮮奶油，遞到他的臉龐右側，他的視線便跟著往右邊轉。我將湯匙往左邊移動，伊織的視線便隨之往左。

這是哪門子的小動物反應啊…………！

—琉迪視角—

我隱隱約約感覺到，對幸助的負面謠言已經傳開。大概是周遭的人顧忌我的感受，不讓謠言傳進我耳中吧。不過因為有些人直接告訴我，那份顧忌成了白費功夫。話雖如此，那算是顧忌嗎？我反倒覺得那種行徑只是為了避免激怒我而互相串通。

不過，我認為幸助也有他的不是。學力原本就低落，卻是個蹺課慣犯，下午的選修課程也幾乎不出席，總是一副無所謂的模樣，看在平常勤奮用功的學生眼中，想必非常令人心煩氣躁吧。

但同時我也能理解他的理由，成了解決這問題的關鍵難處。

「我根本想不到去參加下午選修課的理由。擅長近身戰鬥的傢伙大多不會參加午後課程，會到學園內外的武道場或社團吧？我只是把這些時間拿來進迷宮而已，雖然偶爾會去吃些甜點。況且我蹺課的時候都會盡量挑我擅長的科目，這樣一來就能更紮實地修行，沒有任何問題吧？」

事實就如他所說，完全不參加下午課程的學生比想像中多。而且他蹺課的時候大多是數學和體育等擅長的科目。

不，這部分就先擱到一旁，現在的問題是他的風評。

「簡單說就是被人盯上了。」

幸助的友人聖伊織如是說。

「我不是想責怪多雷弗爾同學，但我認為原因就在於LLL的親衛騎士隊。」

「對啊，我也這麼覺得。」

加藤里菜開口附和聖的意見。

「說穿了就是嫉妒啦！嫉妒！有些人羨慕別人的時候，就會對那傢伙雞蛋裡挑骨頭！這種人很常見啦。貶低別人就會覺得自己占上風嗎？不可能吧？反倒應該好好提升自己，讓自己足以挑起心儀對象的興趣！」

這些話聽起來似乎莫名切身。

「幸助感覺好像不怎麼在意，反倒是和幸助親近的同學們感到憤怒或受到打擊。」

那簡直就像是——

「就像現在的我們啊。」

那傢伙像這樣害別人擔心，自己都無所謂嗎？不，就那傢伙的狀況來看，可能根本不知道我們正為他的處境煩惱。那傢伙有時候莫名敏銳，但有時特別遲鈍。

「只要知道他平常修行的一小部分，其他人就不會再多嘴了嗎？」

我如此說完，里菜同學板起臉。

「我是不太清楚幸助私底下在幹嘛啦，那傢伙平常多努力？」

「嗯，我和他都認識一位風紀會的前輩，那位前輩說他『異常』，逸於常軌地努力的人。常人討厭的基礎訓練和反覆鍛鍊都從不抱怨，有如狂人般專心致志並持之以恆，最後拿出誰看了都舒坦的結果——前輩像這樣大肆稱讚他。」

「我聽起來也覺得像是不敢領教……」

「他本人說『和超級爛game的RTA相比要輕鬆太多了』。」

因為有些名詞我聽不懂，整句話的意思我也不清楚。看里菜同學和聖的反應，他們好像也不知道意思。

「哎，我們這些同班同學都不知道了，更沒交情的其他人根本不可能知道他的努力吧。」

「就是這樣啊。我也只知道平常的瀧音……」

聖也同意里菜同學的意見。為什麼那傢伙在學園就是這副德性啊，在家裡明明就忙著修行和讀書。

「在家裡明明就那麼——」

「家裡？」

「家裡？」

我輕聲清了喉嚨。

「我看他在自己家裡也像這樣吧。」

我差點忘了，我們住在一起的事實除了一部分人士外都必須保密。

「？」

聖一臉納悶，但里菜同學不知為何頓時眉心微蹙。幸助之前就告訴過我，卡托麗娜直覺很敏銳，要小心一點，我竟然還如此失態。

「關於那些謠言，他自己做何感想呢？」

為了改變對話方向，我轉移話題。而聖立刻回應：

「喔，關於這個喔，他好像根本不當一回事。那時候我們在吃飯，他的手從來沒停過，吃聖代的表情也一直都很享受。之後還說『不好意思害你擔心』，請我吃聖代。超好吃的耶！草莓超大顆又很甜！」

主題是不是從幸助轉到聖代上頭了？

我看著眼神燦爛發光的聖，沒由來地想著：也許他不是因為「不好意思害你擔心」，而是「無法忍受你那若有所求的眼神」才會請客。

……應該不至於吧？

「怎麼，這應該沒必要在意吧？」

幸助尊為師傅的水守雪音風紀會副會長如是說。

「瀧音也不是笨蛋，他絕對事先就預料到事情會這樣發展，所以對於當下發生的狀況，他沒視作多嚴重的問題，現在也同樣在迷宮裡面鍛鍊自己吧？」

我點頭。

「我之前就相當欣賞他，這下對他更是刮目相看了。這是我個人的意見，我認為人其實很容易受到旁人的眼光與意見影響。」

對於這個意見，我深有同感。

「當然了，瀧音的選擇確實算不上值得讚賞。而且我的身分是風紀會副會長，就立場而言我必須予以糾正。」

話鋒一轉，雪音學姊加重語氣。

「但是，從追求實力這個角度來看，他的行動非常合理。不因他人的意見改變做法，有效率地鍛鍊自身，這樣的態度值得受到讚賞。況且瀧音也沒有對任何人造成直接的妨礙吧？」

我點頭。就如雪音學姊所說，他只是沒乖乖來上每一堂課，並未妨礙或拖延授課。

「我出面制止LLL就能解決嗎？」

我如此說道，但學姊搖頭。

「不，在LLL真的採取太偏激的行動之前先置之不理比較好。這在MMM（莫妮卡大人真是莫妮卡）與SSS（絲蒂法妮亞大人超級絲蒂法妮亞）過去的事件已經得到實證。一部分的粉絲會因為遭到責難而更加深嫉妒，行動也會更偏激。絲蒂法隊長則是藉此故意讓他們失控，然後在出面鎮壓以殺雞儆猴，用這樣的強硬手段收場。」

那還真是……那兩人也為此傷透腦筋吧。

「我可以理解妳想嘆息的心情。哎，莫妮卡會長確實值得同情，但絲蒂法隊長就……沒事，這是我失言。剛才的話當我沒說。」

貴為當代聖女的絲蒂法妮亞大人有非常多正面風評，或者該說只有正面的傳聞。但是我對此總是隱約覺得不對勁，她平常的笑容映在我眼中有時像是一副面具。

「差不多該做個統整了。瀧音應該也理解現況吧？」

「這一點幸助的友人已經幫忙問過了。」

「嗯。畢竟是瀧音，如果他只是不慌不忙過著平常的生活，最後總會想辦法解決吧。更重要的是，我們也要努力鍛鍊自己，別被瀧音遠遠拋在後頭了。」

「確實如此，那傢伙自從開始下迷宮，實力有了異常的提升……我已經快要追不上了。」

不，已經追不上了。他和克拉利絲練習對打的結果已經明白顯示。近來有時對戰結果是克拉利絲屈膝，而幸助依然站著。

克拉利絲大概也心有不甘吧。自從敗北的機率開始上升，她也增加了自我鍛鍊的時間。

「我也感到幾分焦躁啊。我第一次見到實力在這麼短的期間內大幅成長的人。」

雪音學姊欣喜地說道。緊接著她像是突然回想起某些事，話鋒一轉說道：

「對了……琉迪和瀧音一起住在毬乃學園長家吧？我真的很羨慕妳。」

「羨慕？」

「是啊。只要和他待在一起，對修行的動力肯定會截然不同，魔法方面的問題則能向毬乃小姐與初實小姐請教。若要鍛鍊自身，那可是至上的環境。」

我不由得嘆息。我差點忘了這個人對修行的狂熱不下幸助。

「言歸正傳，如果無法忍受他的實力遠遠超越自己，何不乾脆直接問他？直接問他，乾脆我直接去問吧？」

『告訴我，你怎麼會變得這麼強』，也許瀧音會二話不說就告訴妳喔。其實我也想問他，乾脆我直接去問吧？」

聽她這麼說，我想像幸助與學姊有說有笑的情景。

「不了，我會自己問。」

我便如此回答。學姊點頭說：

「這樣啊……瀧音日後有可能必須承受比現在更強烈的嫉妒。」

她回到正題。

「狀況有可能比現在更糟。不過那只是一種可能而已，如果瀧音能順利迴避，就不會發生。」

然而——

「若是為了自己的目的，幸助大概不會在意自己的風評。」

我這麼認為，而且當下他正以行動證明我的推測。

「是這樣沒錯，而且不只如此。」

不只如此？

「當那傢伙為了他重視的人而行動時，不會在乎自己的性命。這一點琉迪應該最明白吧？」

我不由得發出「啊」的一聲。

「越是和瀧音相處，我就越是欣賞他，所以我敢這樣說。」

雪音學姊臉上的表情認真到幾乎要透出殺氣，挺立在我面前。

「不管學園生多麼厭惡瀧音，我都會堅決站在瀧音這邊，絕不動搖。」

語畢，她先是直盯著我瞧，突然又有如花朵綻放般笑了。

因為我不覺得那傢伙有多壞嘛——雪音學姊如是說。

這句話輕輕飄落在我的心頭，卻又緊緊勒住我的胸口。幸助和雪音學姊相遇應該還沒經過太久，學姊能這樣寄予全面信賴的理由就在此吧？

「琉迪薇努・瑪莉・安潔・多・拉・多雷弗爾殿下，妳對此怎麼想？」

聽她這麼問，我回憶起幸助的所作所為。

他知道我真正的個性也不因此退避三舍，反而說這樣比較好相處，和善地與我交談。除了家人和克拉利絲之外，我在什麼人面前能展現真正的自己？

緊接著浮現腦海的是花邑大飯店的事件。

由於侍奉多雷弗爾家十年以上的那個男人背叛，令我陷入九死一生的處境時，他不畏死亡挺身保護了我們。

「幸助……」

還不只是這樣。

我被送進迷宮深處的時候也是。

特別是那隻巨魔。

我理解自己逃不掉，陷入絕望而放棄了。但幸助不一樣，他站在我前方，面對只要命中一次就可能喪命的攻擊，屢次在千鈞一髮之際閃躲，從不放棄戰鬥，為了保護我。

現在回想起來，我身陷危機時，每次都是他救了我。

那我呢？

如果他被逼入絕境，我會想怎麼做？

如果他懷著煩惱，我會想怎麼做？真是明知故問。

「我也會堅持站在幸助那一邊。」

如果他陷入困境，我希望這次輪到我幫助他，而且堅持站在他身旁。

我如此斷言後，雪音學姊用聖母般的眼神溫柔地注視著我，讓我不禁覺得害臊而別過臉。

「況、況且要是沒人跟我去吃拉麵，也怪寂寞的嘛。」

雪音學姊豪邁地哈哈笑道。

「說的也是。那應該沒問題吧。萬一有什麼事，就由我們來扶持他就好了。哎，不過現在的他看起來也不需要幫助。這次我們用不著出手，瀧音也會自己解決，雖然我無法預料會以何種形式收場。」

欣賞幸助的人其實很多。毬乃小姐、初實小姐、我與克拉利絲都是。不過比誰都欣賞他的人，我想應該是雪音學姊。

「好！那就繼續修行吧。琉迪也一起來？」

雪音學姊意氣飛揚地伸展身軀，爽朗地說道。

我擺出滿面笑容，隨即搖頭。

堅決不要。

除非有被虐狂的心境，不然絕對追不上雪音學姊和幸助的訓練步調。嘴巴上說「到外頭慢跑！」就來趟全程馬拉松，根本是腦袋少了根螺絲。

見學姊表情略有失落，我萌生了些許罪惡感。不過辦不到就是辦不到。

「啊～～真美味。」

毬乃小姐如此說著，把幸助泡的咖啡自嘴邊挪開。先前魔人族的騷動令幸助忙於解決，今天難得有機會與毬乃小姐等人共進晚餐，他卻一泡好咖啡與紅茶就立刻開始飯後的空揮練習。

「真好喝。」

初實小姐如此說著，啜飲幸助泡的咖啡。

「唔！」

克拉利絲小姐好像心有不甘地喝著紅茶。不只咖啡，泡紅茶也是他的拿手絕活。我問他為何懂得泡這麼美味的咖啡與紅茶時，他留下一句「我本來想遞辭呈，去開咖啡廳啊」這樣充滿吐槽點的話，就這麼一語帶過。遞辭呈這部分就當作玩笑話，真正的理由究竟是什麼？難道是已逝的雙親特別喜愛？這樣確實難以啟齒吧。

從幸助的個性來看，也許他不想讓對話氣氛過於凝重，顧慮我的感受才這麼說。

「我原本想如果他蹺課太嚴重，要稍微訓他一下，但他好像有在計算出席天數，而且不拿手的科目反而一定會出席……」

就如毬乃小姐所說，幸助遇到不擅長的科目反而會盡可能去上課。換作是品行不良的學生，應該會挑不擅長的部分蹺課吧？

「而且幸助的成長速度令人訝異。」

初實小姐平淡地說道。這時克拉利絲發出幾聲乾笑。最頻繁與他交手的就是克拉利絲了，想必最能體會他的成長。

「該不會是用了危險的藥物？速度異常得讓我不由得這樣懷疑。」

「我也想要。」

我想初實小姐大概也明白，那種藥物恐怕不存在。

「想必是在課堂缺席的時間，做了某些特別的訓練吧？」

克拉利絲說完，毬乃小姐點頭。

「沒錯，就是這樣，而且確實留在學園的紀錄中。但是那個紀錄……十分異常。」

「呃……異常？」

我如此問，毬乃小姐接著說：

「是啊，無法解釋。小幸一次又一次挑戰初學者迷宮……光是這樣還能理解，因為學園還沒有對一年級生開放月詠迷宮。」

聽說月詠迷宮和初學者迷宮相比，難度急遽攀升，也因此學生們必須在接受一定程度的迷宮教育，並且突破初學者迷宮才能獲准挑戰。教育課程預定在下個月初結束，但很遺憾，正好和定期考試的時期重疊，要等考試結束後才能進入迷宮。

毬乃小姐先聲明「這是個人資訊，其實是機密事項喔」後開始描述。

「小幸他啊，一天挑戰迷宮好幾次。好幾次喔，正常來說一天一次就很夠了吧？而且他除了用餐時間，每隔兩小時就進去一次。光是這樣就很異常了，最異常的是他每次都確實攻破迷宮。」

唉。毬乃小姐輕嘆一聲。緊接著，克拉利絲訝異地向毬乃小姐發問。

「確實攻破迷宮？一天好幾次？不好意思，我記得毬乃女士提過，初學者迷宮是有『十層』的迷宮？」

沒有挑戰過初學者迷宮的克拉利絲提出這個疑問。

「是的，沒錯，就是十層。雖然沒有確實測過，但毫無疑問是學園最快的紀錄。」

「瀧音先生在迷宮裡究竟做了些什麼？」

克拉利絲的疑問正是在場所有人的疑問。

「只要知道這一點，應該就能解釋小幸的成長速度了。每天長跑加上空揮，以及第三隻手與第四隻手隨時維持附魔魔法，但光是這樣還無法解釋他的成長速度。不，我也明白這之中有一部分已經十分異常……」

毬乃小姐苦笑著說道。

即便是大名鼎鼎的月詠魔女——毬乃小姐也絕不可能隨時維持附魔魔法。唯獨擁有超人魔力量的幸助才能辦到。

真是誇張，當今花邑家究竟是怎麼回事？

雖然花邑家的血脈孕育了多位留名歷史的魔法師，但也許就屬這一代最才華洋溢。毬乃小姐還有時空魔法的權威初實小姐，再加上幸助。

聽說花邑家曾有一段時期受人揶揄「花邑家已棄魔法投商賈」，但這般風評早已不知去向。

「幸助的厲害之處……也許是他透著達觀的思考。」

確實如此。幸助有種異樣的沉穩，好像比實際年齡多出好幾年的人生經歷。在學園雖然順應著學生們的氣氛，表現得有如丑角，但內心相當穩重，而且能配合場合即時切換。

此外，他有種其他學生沒有的深沉，有時不經意流露的哀愁表情，再加上莫名有說服力的話語，總讓我有種他是否謊報年齡的錯覺。

但是從他經歷的環境來看，也許是不得不如此。

「……在我看來倒像是急著燃燒自己的生命。」

毬乃小姐突然如此呢喃，沉默頓時包圍眾人。要這樣解釋似乎也可以。這種隨時可能倒下的鍛鍊，一般人絕不會做。

「不好意思，我不該說這種話。」

毬乃小姐說出這句話的時候只看著我一人。這就是她的用意吧。

但我不希望她說這種話。我親眼見證、認識了他，而且發自內心想成為他的助力。

「我有點羨慕小幸呢……」

毬乃小姐看著我們，呢喃說道。

「我會試著問問看幸助為什麼會不斷進入迷宮。看幸助的個性，說不定他只是對自己的成長感到欣喜，才不斷攻略迷宮。」

我這樣說完，毬乃小姐苦笑著點頭。

「小幸那個人還真的什麼都有可能啊。」

關於這一點，我同意。

毬乃小姐響亮地拍了雙手。

「無論手段如何，小幸正努力提升自己的實力。既然這樣，我們就努力慰勞小幸的辛勞。他在學園應該累積了不少鬱悶吧。」

她說完便眨了眨眼。

首先點頭的是初實小姐。但如果要慰勞他的辛勞，必須第一個有所行動的人，就是因為LLL給他帶來麻煩的我。雖然嚴格說起來，那並不是我的錯。

「要為他做些什麼才好？」

我如此問道。

「這個嘛，比方說『誇獎他』、『幫他按摩』、『送他喜歡的東西』、『同床共枕』、『摸摸頭』、『同床共枕』、『幫他掏耳朵』、『同床共枕』、『同床共枕』之類的如何？」

為什麼要如此強烈建議同床共枕？是因為剛才讓場上氣氛變凝重，想開個玩笑嗎？不過考慮到他好色的個性，讓我不由得苦笑。

「他好像真的會開心。」

我如此答道。就現實角度來看，按摩是個好選擇吧。等會兒就為現在正把空揮當飯後運動的他按摩吧。

首先要找克拉利絲詢問方法。我這麼想著的同時，端起他為我泡的皇家奶茶，輕啜一口。

對了，剛才初實小姐走出房間後，毬乃小姐說：「看來花邑家的未來用不著擔心了。」她究竟是指什麼？

我淋浴沖去滿身的汗水後回到自己房間，從房內的冰箱取出冰涼的咖啡牛奶。自己房間有台冰箱就是這麼方便——我萌生這般實際感受的同時，坐在房內原本就有的高椅子上，手伸向擺在桌上的書本。

就在我要翻開書的時候，聽見了敲門聲。

光聽敲門聲就知道來客是誰了。

如果是琉迪或克拉利絲小姐，會在敲門的同時開口詢問，馬上就能知道是她們。毬乃小姐總會在敲過門時走進來。萬一我在解決生理需求要怎麼辦啊？光想就有點興奮。

我把書籤夾進剛才翻開的魔法書。

「怎麼了嗎，姊姊？」

我一開口，房門便喀嚓一聲開啟，姊姊走進房內。姊姊一語不發地在床邊坐下，拍了拍身旁的位置像是要我坐到那裡。

雖然不曉得她的用意，我還是坐到她指定的位置。然而接下來就讓我大惑不解了。

「那個，姊姊，請問您究竟是怎麼回事？」

她把手擱在我頭上，輕拍我的頭。

「像這樣？」

說完她將手掌按在我的頭頂上，開始撫著我的頭。

「呃～～怎麼了嗎？」

這不能怪我。她突然敲門走進房裡就沒頭沒腦地對我的頭又拍又摸，我當然會不知所措。在這樣的近距離下，姊姊的氣味鑽進鼻腔，身體彼此緊鄰，我當然會感到困惑。

「幸助很努力。」

這是姊姊風格的讚賞，抑或是激勵？但無論是讚賞或激勵，我沒印象自己最近做了什麼事值得這種獎賞。

「打起精神了？」

「有，有精神了。」

與其說打起精神，正確來講是為了不使之湧現至表面而拚命按捺。當然我身為一介紳士，會努力不表現在臉上。但是啊，但是她這樣貼在我身旁，活力自然而然會朝著男性的象徵性部位開始集中。

不妙。

「唔……」

她看著我，如此嚶嚀。大概是理解到我手足無措，或者她已經注意到那個方向了？下方實在有點危險。

大概是我的視線正朝著下方吧。

「該不會想要我摸大腿？」

姊姊突然講出這種話。

這裡是酒店嗎？難道我在讀書的途中，無意間誤入酒店了？既然突然誤入異世界或成人遊戲世界都可能發生，突然出現在酒店好像也沒什麼好奇怪的。

大概是把我的沉默當作默認，她開始觸碰我的大腿。

「怎麼樣？」

「姊、姊姊妳先稍等一下。」

我說完，姊姊的手不再動作。我連忙接著說：

「總、總之我有精神了。就當成是這樣！所以啦，姊姊，很謝謝妳！」

我拿起姊姊擺在我大腿上的手，要放回她的腿上。

「是喔……」

但是姊姊並未鬆開我的手，直接站起身。

「好……！」

語畢，她用另一隻手掀開棉被。

我的精神狀況要以極度混亂來描述也不誇張。

到底是「好」在哪裡？「好」這個字有很多種意思。准許我進被窩的「好」？餵寵物時表示可以開動的「好」？還是「好！要上了喔～～！」的那種「好」？又或者是指稻科蘆葦屬多年草本植物（註：「蘆葦草」與「好」的日文發音相同）？

等等，先冷靜下來。首先要開口提問以理解她的意圖。

「姊、姊姊這究竟是要做什麼！」

「累了的時候睡覺最好。」

看來是准許我進被窩的那種「好」。呃，就現況來看其他可能性也許本就不存在。不過，姊姊的意見其實也沒有錯。睡眠對精神和肉體都有消除疲勞的功用。

那麼，為什麼姊姊要一邊握著我的手，一邊對我說這種話？

「說、說的也是。那我就換衣服早點睡了……」

我將視線轉向房門示意：我要更衣了，請離開這個房間。

「知道了。」

她嘴上這麼說，但根本就沒搞懂。不只沒有任何要離開房間的徵兆，身體就連一毫米也沒有移動。

「姊、姊姊，換衣服的時候有人在看，那個，我、我也是會害臊的喔。」

我如此說完，姊姊的臉頰微微發紅，垂下視線。

「我也會……」

那妳就快點出去啊啊啊啊啊啊啊啊啊！妳還真的完全不打算離開耶！

「別擔心，我會擋住。」

語畢，她鬆開我的手，用雙手遮住臉。可是，妳的指縫看起來好像很明顯喔。

對了，之前和姊姊在浴室撞個正著的那次事件，毬乃小姐也對我做出這樣的舉動啊！果真是母女！呃，這部分一點也不重要。

「我、我明白了。」

雖然我也不知道自己明白了什麼，總之先換衣服吧。盡量讓注意力遠離那道自指縫窺視的視線。一旦我開始更衣，也許會發生天地異變讓她閉起眼睛。

我從衣櫃中取出睡衣，視線一瞬間瞄向姊姊。那雙眼睛睜大到如果現在是冬天，室內氣溫恐怕會降到冰點之下。

算了，懶得管了。

我下定決心褪下衣物的同時，短暫瞄向姊姊。那個……手指間的縫變得更大了。完全是死盯著看。

「那個，姊姊？」

「我沒看見綠色的內褲。」

擺明就看見了嘛！

換好衣服後，我鑽進姊姊為我掀起的棉被底下。這場羞恥遊戲終於能落幕了吧？在我這樣想的瞬間，姊姊開始脫下衣物。

「姊、姊姊，妳、妳要幹嘛？」

姊姊的表情一如往常，但臉上微微泛起紅暈。

「陪你睡。」

她呢喃說完，褪下上衣，隨手擱在一旁。

陪我睡有必要脫衣服嗎？在我混亂的同時，姊姊將衣物一件接一件褪下，最後只剩下一件不知從哪來的絲質性感睡衣。尺寸好大。

姊姊掀起棉被，鑽到我身旁，不知為何還讓身子緊貼著我。

腦袋感覺快要沸騰了。

呃～～這究竟是怎麼回事？為什麼我和姊姊會同床共枕？難道姊姊被惡魔控制了？

「幸助。」

「嗯？」

「轉過來這邊。」

我在被窩中僵硬地轉動身子面向姊姊，她隨即伸手抱緊我。

我懂了，樂園（伊甸園）就在此處。

太棒了。那對巨峰彷彿凝聚了過去人生中所有幸福，裹住了我的頭部。好像直接把麻藥打進腦袋一樣，腦海中充斥著強烈的幸福感。戰爭算什麼？宗教算什麼？成人遊戲又算什麼？樂園就在這裡！

……等等，稍等一下。冷靜下來回到現實。

為何會演變成這樣？

起初只是頭被她拍拍，再來是大腿被她摸摸，不久後眼前塞滿了肉肉。不行了……大腦的語言能力明顯退化中。

但是越思考就越是確定她肯定在引誘我。

不，先等一下，我和姊姊又不是那種戀愛關係，萬一我獸性大發，姊姊一氣之下向毬乃小姐告御狀，我的人生會落得何種下場？

這種事絕不能發生。

快回憶起遊戲的ＲＴＡ！巨峰需要的不只是勇於涉險，安定過關也是重要的一環！

很好，冷靜下來。然後憶起姊姊在魔探中的攻略方式，也許解決之道就藏在其中。

如何攻略姊姊？我記得……姊姊是個只負責傳授特殊魔法給男主角的配角……呃，那魔法會讓男主角的作弊程度更加誇張……除此之外……

姊姊在魔探裡頭根本不是攻略對象（主要女角）啊啊啊啊啊啊啊啊啊啊啊啊！

怎麼辦？我該怎麼辦才好？

可惡。我心中的惡魔正對我低語。

惡魔：喂喂，姊姊都這樣誘惑你了耶。在花邑家的立場就拋到腦後，儘管享用吧。

這樣絕對不行。請我心中的天使來阻止惡魔吧。拜託了，阻止那個惡魔。

天使：不忘體貼初實姊並溫柔地享用吧。

我心中根本沒有天使。全體一致通過。

很好，聖人君子的把持就全都拋到腦後吧。大餐自己送上眼前，不享用就不算男人。

我心意已決。

我對抱著姊姊的雙臂稍微注入力氣，隨後——

「姊、姊姊……」

我下定決心開口喚她，但是沒有回應。我抬起臉，這才發現……

「……呼——……呼——……」

「竟、竟然……睡著了……」

這股無處可去的激情究竟該怎麼處置？

「…………睡吧。」

我下定決心閉上眼睛。然而，事與願違。

「嗯！」

姊姊微微改變睡姿，而且更使勁地摟住我，隨後便發出規律的呼吸聲。

「拜託一下……」

姊姊的氣味和柔軟的肌膚，加上隨著呼吸規律搖晃的身軀不斷刺激我的注意力。

「…………睡不著。」

我原本還打算明天也要進迷宮耶。

除了成為最強這個目標，還有一個重大問題——那就是一定要盡快變強。其中一個理由是會被伊織和卡托麗娜他們追上。

特別是伊織。在遊戲版魔探中，只要角色培育到一定程度，當資金與武器防具漸漸充足，滿足了攻破數個迷宮的條件之後，伊織就會爆發性地開始成長。

如果現在和伊織戰鬥，我應該能壓倒性勝過他。這不是誇口，而是事實。在初學者迷宮的表現就有差異了，此外，當時為了救援琉迪而深入「諸行無常之宅邸」的影響也很大。

但是在伊織開始爆發性成長的第一次成長期之後，我是否能持續領先他，這還很難說。

我非做不可的事就是不能因為現在領先就放鬆，必須時時全力向前。

但是，我必須盡早變強的最大理由並不是這一點。從我真正的目標來看，那只是細枝末節的小事。

在魔探之中有些事件有時期限制。若我的成長太過緩慢，可能會錯失伸出援手的機會，唯獨這種狀況絕對要避免。

那麼我該如何成長才好？雖然我有幾個腹案，但所有計畫的共通之處就是「最好不要單打獨鬥」。

為此，我造訪了初版贈品資料片追加的迷宮「黎明之窟」。我的目的地在迷宮最深處。由於我已經在「諸行無常之宅邸」取得經驗，從半路上的怪物身上可取得的魔素、戰鬥經驗與戰利品都非必要，既然如此，怎麼做才是正確解答？

當然是全部忽視。

「水的陣刻魔石有了，恢復用的藥劑也帶了，對披肩也加上水屬性強化了。」

在頭目所在的第十層前方，我一一確認自身的道具與裝備。確定一切齊全後，我操縱披肩的雙手擺出拳擊手的架式，朝著房間衝了進去。雖然同樣是昏暗的洞窟，論寬敞是整個迷宮之最。而房間的中心站著一隻魔物。

那模樣不管是誰都會用黑貓來描述吧。那雙眼睛和耳朵，以及貓尾，一切看起來都無異於貓。

但是牠不是小巧可愛，讓人不由得想與牠嬉戲的那種貓。

首先，尺寸非常大，好像大了整整兩圈，體格簡直像頭猛虎，而且叫聲相當低沉。

雖然「喵～～～～」的鳴叫方式相同，音調卻異常低沉，只會教人懼怕。

那隻咕嚕低鳴的巨貓緩緩站起身，朝我逼近。緊接著在自己身旁喚出兩圈燃燒的車輪。

「嗚喵～～～～～～！」

嘶吼的同時，將熊熊燃燒的車輪接連射向我。

我用第三隻手彈開其中一個燃燒車輪，閃過另一個車輪，兩個車輪便撞上牆面，然後消失。

巨貓見狀便發出煩躁的叫聲，再度創造兩個車輪。

「黎明之窟」的頭目「火車」是種披著貓皮的怪物。原始出處應該是日本的妖怪「火車」，這一點也在製作人員的部落格發表過。

我屢次架開飛向我的車輪，同時不停向前進。也許是多虧水屬性附魔魔法的功效，我輕易化解了從正面飛向我的車輪。

我拉進與火車的距離，用第四隻手毆向牠的頭部。但是牠猛然向我突擊，輕鬆地躲過了這一招。不，不只是閃躲，撲向我的火車張大了嘴，大方展現自豪的獠牙，順勢咬向我。

瞄準了猛然撲向我的火車，我使勁揮出現在空著的第三隻手，全力轟向牠的軀幹。

「喵嗚！」

「好、好恐怖～～」

被牠突擊衝進這個距離還是來得及反擊，我敢肯定火車的速度一定比學姊慢。只是迷宮途中的魔物速度都偏慢……雙方的落差讓我覺得牠格外敏捷。

先前的魔物與火車的差異就在於牠吃了我的反擊飛向牆面，還是能清楚維持意識。之前的怪物幾乎不是猝死就是意識朦朧。我盯著在空中改變姿勢的火車，將魔力注入刀鞘，準備拔刀。

火車在成功著地之後立刻猛然蹬地，朝我這邊飛撲而來。這次的武器不是尖牙，利爪從那太過巨大而毫無可愛可言的貓掌竄出。利爪就有如忍者的武器，還真不知道剛才怎麼收納在貓掌之中。我發動心眼技能的同時，用第三隻手彈開直撲而來的尖爪。於是火車先是繞到我的側面，緊接著伸長左手撲向我。這次我用第四隻手穩穩防禦，解放了剛才注入刀鞘的魔力並拔刀。

在這瞬間，我已確信勝利。

打從過去我就常有這種經驗。明明結果尚未出爐，不知為何卻能先洞悉結果。印象中在踢足球或打籃球時，射門跟投籃的瞬間特別頻繁。此外，球才剛離開手或腳，自己卻能知道球會循著哪一個軌道飛出去，而且球真的就沿著那軌道飛進球門。在成人遊戲的弓術場景也見過類似描述。拉弓搭箭，鬆手的瞬間就知道「啊，這箭能射中」。這大概是同一種感受。

因為屢次重複同樣的動作，讓身體完全記住了吧。

我對雪音學姊充滿了感激。她第一次告訴我「雖然對你很不好意思，但你基本上沒有使刀的才華」時，其實我稍微受到了打擊。然而她對我說「不過你有其他方面的才華」，興奮之情立刻一飛衝天。

在那之後，我每天就只練兩招。花上好幾天，終於將其中一招練成雛形。

拔刀術──瞬──

收刀入鞘，將送向披肩的魔力減少到最低。

「咿嘎！」

火車如此低聲嘶吼的同時，身體分裂成左右兩半。隨後立刻轉變為魔素以及我親眼見過之中最大顆的魔石。

在我至今遭遇的怪物當中，火車應該算是頭號強敵。速度、攻擊力都遠勝過去的敵人，而且居然還會使用火魔法攻擊。

然而，靠著紮實施加水屬性強化的披肩就能應對火車的火魔法。速度和每次攻擊的力道與我平常對打的對手相比，簡直是天差地別。

而且戰法也只是普通魔物的水準，沒什麼令我吃驚的招數。

「這樣的結果也很合理，就是這麼回事。」

我仔細端詳拿在手中的魔石。

如果火車會反覆重生（Repop），也能在此賺取經驗，但這個地方魔物不會重生，就算離開迷宮重新進入也沒用。

我收起魔石，朝著我的目標「對象」所在的最深處前進。

抵達迷宮最深處，有一扇大小能讓一個人輕鬆通過的門。我伸手觸碰那扇門的邊緣部分。藍色光芒從我觸碰之處沿著門的邊緣奔馳，最後發出噗咻聲響，往一旁滑開。

走進門內，若要描述我的第一感想——

「是玄關嘛。」

脫鞋處、鞋櫃、寬敞的走廊映入眼簾。光是這裡能看見的範圍就有好幾扇門，我要找的她就在其中一扇裡頭吧。

我在窄小的脫鞋處脫下鞋子後，腳踏到走廊地面的木板上。

「不會吧……」

在我腳踩之處出現了清晰的腳印。看來是因為太久沒人進出，地板上積了一層灰塵。我猶豫了半晌，最後決定穿著鞋子走進室內。

「真是個不錯的房間……」

我隨手推開附近的房間，門後是一個充滿生活感的空間。

牆面上都貼了壁紙，雖然積滿灰塵，但有床鋪，也有魔石的照明。我拿起擺在床邊的書本，完全看不懂書中內容。我將那本書粗魯地塞進異次元收納袋，環顧四周。這時我注意到床旁邊有個垃圾桶，雖然心想應該不可能，我還是探頭窺視床底下。

這個看法純屬推測。在成人遊戲與美少女遊戲中已是再老套不過的存放場所。由於非常容易被搜索，許多人會改藏在其他地方吧。如果家裡有妹妹就更是如此。

我像是對待歷史文物般小心翼翼地將之拿到手中，輕吹一口氣。黑髮女性、充滿開放感的服裝、煽情的表情。絕不會錯。

這是成人書刊。

我拚命按捺著加速的心跳，一頁又一頁翻過去。

「唔嗯……不應該啊，真是不應該。」

我按著眼皮，保持精神鎮定。模特兒和琉迪有點像，更是糟糕。

我在心中唸誦著般若心經之類的經文，讓心靈恢復平靜後，我將那本書小心翼翼地放進收納袋。之後我再度深呼吸，開門走向隔壁房間。

裡頭有電視般的器具，以及透明的柱子等等，都是我不管在日本或這個世界都不曾見過的器具。

我回收了幾項應該能取走的物品後，朝下一扇門伸出手。

「不會吧，太扯了……」

門後別有洞天。

「先是洞窟接到民房……這回是草原啊？」

在我蒐集迷宮消息時曾發現一句格言。「思考【迷宮究竟為何物】，就有如追問【何謂死亡】」。第一次知道這句話時，我的反應只有「哦～～」，但是這樣遠遠超乎常識的世界再三擺在眼前，我也不得不認同這句話有其道理。

寬廣的草原、無垠的天空、正在升起的太陽。稍嫌乾燥的風拂過肌膚，帶來青草與泥土的香氣。

我不經意轉頭一看，更加震驚。

「不會吧！」

我剛才穿過的那扇門就在我身後。儘管依然存在，那扇門就像是這片大草原上唯一的人造之物，孤單矗立著。真的只有這扇門，而且門的另一側依然是滿布灰塵的眼熟走廊。我試著讓手穿梭在門框內外，最後結論還是只有莫名其妙。我停止調查這扇門，再度掃視四周。

淺藍色的天空飄著雲朵。攀升中的太陽自雲朵的隙縫間投下光輝，照亮地面。

「還真漂亮……人家說雲隙光叫作『天使階梯』或『光之管風琴』，也不是沒有道理……嗯？」

我看著雲隙光照亮的廣大空間，不由得啞口無言。

「只有那邊不是草原？而且好像有東西？」

該不會就是那個？我這麼想著，邁步奔馳。

陽光照亮之處有一片畫著不知名魔法陣的石造地面，以及橢圓形的不知名物體。我不知道這究竟是什麼，給我的第一印象是巨大的卵。不過卵為什麼會飄浮在半空中？

這個卵狀物體的尺寸幾乎與我的身高相同，仔細一看，表面還長著絨毛般的東西。不過從掉在那個卵狀物體正下方的羽毛來看，長在上頭的不是絨毛，而是羽毛吧。

「怎麼長得和魔探裡不太一樣……應該是這個沒錯吧？」

我靠近雲隙光照亮的那顆卵狀物，伸手輕輕觸碰，試著按壓。觸感有如兔子的毛皮般柔軟，但也有一股朝手掌反推的彈力。

我就模仿遊戲中男主角的舉動，將自身的魔力注入卵狀物。起初因為不安，只是一點一滴釋出，不過到了途中，我轉為大量灌注魔力，卻遲遲觀察不到任何變化。

「到底要吸多少啊？這陣子第一次消耗這麼多魔力耶……」

也許是多虧平常的鍛鍊，這陣子魔力的成長十分顯著。自從我能每分每秒都維持附魔魔法後，除了睡眠時間之外都不間斷，和克拉利絲小姐等人的模擬戰時也會消耗不少，但我的魔力已經很久不曾消耗到這種程度。儘管如此，眼前的卵狀物還是不停吸取我的魔力。

這下真的不太妙，早知如此就該把魔力恢復道具帶來。當我冒出這個念頭的時候，變化發生了。

『╳□▲○—魔力登錄已完成——*”#$%&’（』

「嗚哦！」

腦海中突然有聲音響起，我不由得鬆開手，觀察卵的動靜。但是在這之後外觀並沒有變化，不知何時從綻放光芒的魔法陣出現了半透明的螢幕。我注視著螢幕，不禁感到混亂。

「看不懂……」

我如此呢喃，螢幕上的文字立刻消失。在我感到納悶時，這回文字改以日文顯示。

請選擇類型。

・春型
・夏型
・秋型
・冬型
・天型

我看著螢幕上的標示，大感不解。如果我的記憶沒錯，這裡的選項應該是四個才對，而且應該是以英文寫著Type-1、Type-2、Type-3、Type-4。不過如果對照遊戲中的設定，可以推測春夏秋冬應該分別對應1、2、3、4。然而——

「天型是什麼啊……擺明多了一個？」

我使用偏重物理性能的主角時，總會選擇理應等同Type-4的冬型。

「正常來說應該要選『冬型』……但是我的心正對我訴說，要我選『天』啊。」

見到新的東西總是忍不住想嘗試。我對甜點之類的新產品這類名詞就是很沒有抵抗力，雖然味道大概都不怎麼樣。

我的手指觸及「天型」這一欄。隨後對「您真的確定？」這個問題回答「是」。

於是驚人的現象發生了。只見羽毛紛紛自卵狀物體往下飄落。在觸及地面的同時，羽毛整體發出光芒，化作細小的粒子消失。

此外，羽毛脫落後的位置開始迸射光芒，就有如演唱會或音樂會會場使用的雷射，照亮四周。

羽毛掉落的速度越來越快，光芒也隨之不斷轉強。最後亮度讓我再也無法直視，我用第三隻手遮擋在臉前方，靜靜等待強光消退。

光芒強烈到足以讓眼睛睜不開的時間應該不　到一分鐘吧。我躲在第三隻手後方，等待強光消失後，再度仔細看向那顆卵。但是那裡已經找不到卵，飄浮在該處的是穿著女僕裝的女性。

「視野良好。確認持有AA終端。取得現在時間。」

她伸手撥開眼前光澤耀眼的銀色瀏海，從口袋取出某種機器，不知輸入了些什麼。她眼前隨即出現一片透明螢幕，文字般的訊息在上頭流動。

「與A&A商會連線……失敗。透過地區網路連線……失敗。迷宮網路完全消失，無法設定AA終端的時間。機能受限。」

她收起那個機械後，浮現在她眼前的畫面也消失了。

紫色眼眸轉向我。

「您好，契約者大人。我是Ａ&Ａ商會製造的ＭＫＳ73（Maid Knight型Edition）。」

ＭＫＳ73是初版贈品的夥伴角色，在魔探中運用起來非常便利。

她的名稱ＭＫＳ73是識別編號，成為夥伴時可由玩家自由決定名字。不過大多數紳士都會用編號尾端的73取其諧音，叫她「奈奈美」。

此外，她有一個特徵是個性與髮色會隨著玩家選擇而改變。Type-1的櫻色髮絲大概象徵了櫻花綻放的春天，Type-2的翠綠色應該是取自綠意盎然的夏季，Type-3有一頭紅葉般的紅髮、Type-4則是一頭令人聯想到凜冬的深藍髮色。

那麼眼前的她屬於哪一種？

頭髮是閃亮動人的秀麗銀色，異色雙眸則是給人若干冰冷印象的紫紅與藍紫色。胸部雖然不如姊姊那麼大，但是光就隔著女僕裝亦能強調自身存在的分量來看，應該相當大吧。

「可以告訴我主人您的名字嗎？」

她也不理會我打量般的視線，有如機器般平淡說道。

「我叫瀧音……幸助。」

「瀧音幸助大人，登錄完成了……感謝您與女僕騎士系列訂立契約。那麼，非常不好意思，目前與迷宮網路的連線已經被截斷，雖然我想確認現況，但是……」

聽她這麼說，我還是一頭霧水，什麼都聽不懂。更重要的是——

「呃，迷宮網路是指什麼？」

在魔探中應該沒有這段對話才對。自稱「命運的對象出現在眼前了」，留在男主角的狹窄房間，辛勤地照顧男主角。這位主動送上門的女僕一見面，忠誠度就封頂，甚至突破極限。

男主角疑惑為何她要如此感謝自己時，她會解釋：「因為我有可能沒機會啟動，就那樣永遠被棄置在迷宮中。」不過在加深關係後，她會在特殊的分支事件自曝：「其實那時說的只是表面上的理由……我有義務對登錄魔力的人物表現表面上的服從。」之後的台詞「但是現在我對您……」擊墜了無數玩家（包含我）。

「您想問迷宮網路……？」

她有些不安地對我問道。

老實說，我對她充滿了納悶。況且在魔探的設定中，封印她的封印結晶是以古代魔技術打造的近似魔石的水晶狀物體。數千年前打造的封印結晶之中，封印著以當時的尖端技術製成的人造人「女僕騎士」。

然而，我這次見到的又是什麼？
那是羽毛包覆的卵，並非水晶，再加上這個場所。魔探中沒有這樣的草原。
而且類型有五種也讓我一頭霧水。
「迷宮網路就是迷宮網路…………咦？瀧音幸助大人，請原諒我的失禮。」
飄浮在半空中的她靠近我身旁，握起我的手。
她有些冰涼的手掌傳出了某種東西，透過我的手開始滲入我的體內。雖然有東西流入體內，卻沒有不快的感受，反而有種原本就有的東西回到體內的奇妙感覺，也許近似於心安或宜人的心情。
「…………」
「那個，怎麼了嗎？」
見她半張著嘴一語不發地愣在原地，我這樣問她。
「不、不好意思。可以給我一點時間，讓我整理思緒嗎？」
看來需要冷靜下來思考的不只我，她也和我相同。
彼此都冷靜下來之後，我們分享彼此持有的資訊，得到若干收穫。
「換言之，有根本上的異常。」

簡單來說就是這樣。

「確實如此。」

根據她的說明，如果一切正常，她這種「女僕騎士系列」一般應該會與迷宮之主之類的對象訂契約。然而，她卻與我這個看起來只是一般人的對象成功締結契約，讓她無法理解當下事態。她也說我持有的潛藏魔力量同樣無法理解。

這時輪到我發問。迷宮之主又是什麼玩意兒？

「在迷宮界，迷宮之主指的就是迷宮的管理者。在地上有一部分的人如此稱呼攻破諸多迷宮之人，但我剛才指的是前者。」

妳這樣說明，我也搞不懂。在魔探中，「迷宮之主」這名詞根本就不曾登場。魔探的迷宮就只是提供戰鬥的關卡，迷宮的管理者應該從來沒出現過。

「雖然我能明白您相當混亂，但太過深入的詳情，由於我個人的因素，不方便向您說明。」

「呃～～這是什麼意思？」

「其實有關迷宮之主的資訊，對於迷宮社會或管理者、關係人等都能詳細解釋，但是這些資訊不應當對除此之外的對象公開。」

原來是這樣。

「就世界整體對迷宮的理解程度來說，這倒是可以理解。畢竟甚至有人會說『思考迷宮究竟為何物，就有如追問何謂死亡』嘛。」

來到這世界之後，我翻閱了大量關於迷宮的書籍。但是迷宮的謎團遠遠凌駕於人們的理解程度，甚至產生了這樣的格言。

「因為我們基本上斷絕接觸，所以資訊並未傳開吧。迷宮經營者或管理者鮮少與第六階級的居民接觸。」

又冒出了莫名其妙的名詞。雖然我大概能猜到內容。

「第六階級指的又是？」

我如此問道，她的表情看起來似乎有些難以啟齒，開口說：

「這個嘛……這方面的資訊，因為含有大量剛才我提到的那些禁止對一般人類公開的事項，那個，如果運氣不好，我有可能遭到商會處分。」

「也就是被下禁令啊……那麼，關於這方面就不用說了。」

我不知道她說的處分指的是何種內容，但顯然對她有害吧。

她的表情還是帶著尷尬，不時猶豫或支吾其詞，不過她還是開了口：

「因為這件事您遲早都會發現，那個，我就先向您報告。我和瀧音幸助大人的魔力通道打開了，我的僱用者已經設定為幸助大人。」

呃～～

「所以說？」

「我無法違逆您的指示，若您命令我全盤托出，我就會一五一十地告訴您吧。」

原來如此。原來契約是如此強力的束縛啊。如果我想深入了解迷宮的祕密，只要命令她，就有可能辦到。但是……

「不了，我沒那麼想要那些消息。只要把對一般人也能透露的資訊告訴我，就已經很有益了。」

我如此說完——

「惶恐之至。」

她便這麼說道，對我行禮。

「那麼，與契約有關的事項就到此結束……」

她話鋒一轉，將手伸進自己的胸口處，取出一塊眼熟的深藍布料。為什麼會塞在那種地方啊？

「我身為以機智風趣的個性大受歡迎的女僕騎士系列，希望您為我取一個合適的名稱。」

「機智風趣嗎……第一印象感覺個性非常認真敬業就是了。」

在魔探中，個性會隨著玩家所選的類型改變，但沒有她這樣的個性。

「我有時也會認真，但是難道瀧音幸助大人在面試時也會插科打諢嗎？我敢說自己平常是個充滿笑料的炸彈。」

雖然聽不太懂，不過就別追究了。

「呃，所以說就是要幫妳取個名字。嗯～～該怎麼說……我可以把妳當成人造人之類的嗎？」

我原以為她會點頭，她卻搖頭回答：

「不，我並非人造人。我先向您聲明，我也不是仿生人或生化人，亦非複製人。」

「咦咦？」

「根本而言，我並非模仿人類的創造物，而是天使。」

「天、天使？」

我不由得驚呼。在魔探中會加入隊伍的她並非天使，應該是人造人才對。

「天使光就構成物質就與人類不同。此外與妖精族、獸人族也不一樣，而是與之截然不同的生命體。」

這部分我倒是明白，因為魔探中有次要女角是天使，我大致上知道……

「我可以明白您的擔憂，我能行生殖行為，也能孕育下一代。但是誕生的子嗣基本上不會是天使，而是對方的種族。」

「不，我擔憂的不是這部分。」

雖然不擔憂，但是有些好奇咳咳咳。

「是這樣啊……呵呵。」

「為何妳要凝視我的胯下，而且露出那樣開朗的笑容？」

「接下來，讓我們換個話題……」

「真的要換喔……在這裡切換喔……」

有種步調全被她掌握的感覺。

「恕我直言，您貴為我的契約者，與我交談時不需要使用任何敬語。」

確實在動畫中不常見到角色用尊敬的口吻跟女僕等傭人交談。不過換作是現實世界的日本，有禮貌地對待幫傭的人其實滿多的喔。

「感覺已經成習慣了……我就按照這樣行嗎？」

「嘖……」

「嗯？妳剛才是不是咂嘴……」

「怎麼可能，那只是您的錯覺吧？」

「我、我知道了。那我就用平常的口吻……」

「嘖……」

「我、我懂了啦。」

強制矯正遣詞用字？……這下我也分不清楚誰的立場在上了。

「好的，請多多指教。」

語畢，她優雅地對我行禮，不過手中依舊拿著那塊深藍色的布料。

其實我一直很在意，那玩意兒……

「那個……妳拿在手上的是？」

「您問的是這個？這是學生泳裝。」

她攤開手中的深藍布料。確實是學生泳裝。名牌的部分是空白的耶，等等，這種事根本不重要。

「這是服裝的額外配件。」

大概是看穿了我的疑問，她如此說道。但是我心中的疑問並未因此獲得解決。

「為什麼……會是學生泳裝？」

「根據我的知識，過去附贈的服裝只有女僕裝，不過後來額外追加學生泳裝後銷售量呈現大幅度成長，因此之後就成為慣例。此外，據說曾有一度取消附贈學生泳裝，造成銷售量下跌，而且客訴專線被擠得水洩不通。」

嚴重到打電話去抱怨喔？

「要我現在換裝也沒問題。」

「不，不用換。」

「這樣啊。靠想像力補完嗎？真不愧是瀧音幸助大人。那麼我就把泳裝擺在衣物上供您參考。」

她說完便將攤開的學生泳裝擺在女僕裝上頭，並擺出姿勢……嗯，是很挑逗沒錯。

「嗯～～稍微彎下身…………等等，別再幹蠢事了，先回到正題。」

奇怪？正題是什麼？

「呵呵，真是不好意思。那麼可以請您為我取名嗎？」

對喔，剛才講到這裡。她希望我為她取名。

在魔探中雖然能自由取名，但大多數的玩家應該都會取「奈奈美」吧。原本只是因為在討論版上要輸入「ＭＫＳ73」很麻煩，於是有人用奈奈美稱呼她，不知不覺間就習慣成自然了。我也是「奈奈美」派。

「這個嘛……那就『奈奈美』怎麼樣？」

我這麼一說，她立刻皺起眉頭說：

「啥？真是難以置信的品味。沒想到您會直接利用識別編號的諧音作為名稱。將來如果孩子們問父母：『為什麼小三的名字要用三啊？』這下要怎麼回答呢？明明會影響孩子的一生，這麼輕率真的好嗎？」

…………確實有道理。她說的很對。

在遊戲中不管取什麼名字她都會開心，但這不是遊戲，而是現實。與玩遊戲同樣的態度不會永遠都通用，她是一名天使。

我現在要取的是人的名字，可不是寵物的名字。是我太不經大腦了。

「不、不好意思，我馬上想別的……嗯？」

我看著她，說到一半的話不禁打住。

「瀧音幸助大人真是讓人傷腦筋。」

她如此說著，不知從哪裡拿出了油性筆，在手中的學生泳裝名牌上用平假名寫下「奈奈美（ななみ）」。寫完後，又在手上寫了一個小小的「奈奈美」，隨後一瞬間展露微笑。

雖然立刻又變回傻眼的表情，但剛才的確有一瞬間笑了。她將寫著名字的學生泳裝緊緊摟在懷裡。

「不過，重新想一個也很浪費時間，就叫我奈奈美吧。」

她如此決定。

「……妳明明就很喜歡吧？」

「唉，瀧音幸助大人究竟在說什麼呢……那麼，暱稱就叫小奈奈吧。要用哪些漢字？我已經準備了幾個選項。」

「什麼小奈奈，妳一定真的很中意吧？」

她不理會我的吐槽，在地上用油性筆寫了數個漢字。不過其中第二個用平假名寫的「奈奈美」特別大，「七海」和「菜菜美」顯然就比較小。而且唯獨「奈奈美」寫了兩次，意思就是要我選這個吧？

「呃，嗯～～那就用平假名寫的『奈奈美』吧？」

「唉～～只有平假名喔……」

她裝模作樣地大嘆一口氣，在地上寫了好幾個「奈奈美」，最後加上了愛心。而且還畫了三個愛心。

「妳擺明就非常中意吧？喜歡到不能更喜歡吧？」

「請不要妳啊妳地叫，我是奈奈美，叫我小奈奈也可以。今後還請多多指教。」

還要求我用名字稱呼……她絕對很喜歡吧。話說，這神祕的地方好像會被魔法學或迷宮學指定為重要地點，用油性筆寫名字真的沒問題嗎？如果這裡是觀光名勝，妳一定會被放到網路上臭罵。話雖如此，這裡是迷宮裡，也是花邑家的土地，就不追究(管他的)了。

「那麼接下來請讓我確認契約者的敬稱。」

「敬稱？」

「是的，就是確認我該如何稱呼瀧音幸助大人。既有的選項有『大人』、『吾主』、『主人』、『師傅』、『老大』、『名人』、『達人』、『社長』、『部長』、『大魔神』、『關白』、『征夷大將軍』、『〇〇之星』、『小〇〇』等，種類豐富任您選擇。」

「裡頭有些敬稱好像來自某個列車大富翁遊戲啊。預設是哪一個？」

「預設是主人。」

哎，聽人家這樣稱呼我雖然感覺害臊，但是遊戲中原本就是這樣了。

「……算是妥當吧。」

況且我也希望能體驗女僕這樣稱呼我的感覺。女僕咖啡廳？我想要的是真正的女僕啊。

「那就稱呼您為主人。那麼，對主人以外的對象要如何稱呼？目前的預設是『低等生物』。」

「預設選項也太惡毒了！明明對主人就很正常，對其他人用這種態度也太糟了吧！改掉，給我改掉！話說這種字眼要在什麼場合用上啊？」

「嗨！今天的天氣真不錯呢，低等生物！」

「雖然態度爽朗陽光，遣詞用字簡直比垃圾更不如！」

「那就用『比垃圾更不如』吧。」

「要採用這個喔？已經連生物都不是了。和其他人交談時，至少要拿出最起碼的敬意！」

「嘖，遵命。」

「……誰來幫我吐槽啊～」

言歸正傳，我無論如何都要盡早攻略這個迷宮的理由，就在招收奈奈美成為夥伴。

坦白說，「瀧音幸助」要「單打」達成最快登上最強實在行不通。如果我是「聖伊織」，也許還有可能辦到，但是我不像伊織那般萬能。不過就算我是伊織，我也會仰仗夥伴的力量吧。

單打的效率就是這麼差。

此外，讓她成為夥伴所能獲得的益處相當多。

她可以提早一部分迷宮的開放時期。擁有古代魔技術（Over-Technology）的她已經知道某些迷宮的進入條件，或是能解除封鎖迷宮的魔法陣。正常來說，這些是遊戲中期才會加入隊伍的耶羅科學家的職責，但是她能代為處理。
不過，就算沒有這些益處，找她成為夥伴本來就是不會動搖的既定事項。
說起來，魔探的眾多角色中，我遊玩時使用率最高的並非水守學姊，而是奈奈美。
至於使用率會比學姊高，其實也可說是迫於無奈。學姊的風紀會職務相當忙碌，有一段時期會離隊，正式加入要等男主角加入三會之後。不過在第二輪遊戲可以透過式神分體這個忽視故事流程的方便系統，打從遊戲初期就能請她一起下迷宮。
另一方面，奈奈美在突破初學者迷宮後就能立刻入隊。而且除了只允許男主角出擊之類的特殊迷宮，她可以參加所有的迷宮探險。
此外，讓使用率更加提升的理由在於她的萬能性。她和水守學姊、莫妮卡會長一樣，是兼具遠距離、近距離、魔法、近身戰鬥能力的全方位角色。而且奈奈美還能習得雪音學姊或莫妮卡會長也無法取得的非戰鬥技能，例如採集技能或盜賊技能等。
確實單論戰鬥力恐怕低於三強，不過她的實力不下莫妮卡會長之外的主要女角，還懂得採集礦石、採集藥草、解除陷阱，甚至開鎖。
使用率會特別高也是理所當然的結果吧。當然不只是我，我敢說大多數的紳士肯定都讓她日夜操勞。
不過，派她上場的最大理由終究還是ＫＡＷＡＩＩ。個性和髮色都能透過選項選擇，外觀可愛且方便萬能，還願意終生忠誠服侍，實在沒有不派上場的道理。

那麼，奈奈美堪稱萬能，卻有個問題揮之不去。在魔探之中雖然不構成問題，但是現在的我有人際上的問題。

「那麼，我們接下來會住在一起，該怎麼向毬乃小姐她們解釋？」

我也考慮過分居別處，但是奈奈美嚴正拒絕。

「分居兩地？哼，請別開玩笑了。要我離開主人身邊，恐怕只有死神才辦得到。若您下令，我當然會遵從，但是屆時『瀧音幸助是超M變態』或『胃口大到從小女生到超過四十都行的發情噁男』之類的流言蜚語可能會滿天飛，請先做好心理準備。」

奈奈美如此反對分居的提議。

「我真搞不懂奈奈美的忠誠度是高還是低。」

順帶一提，我無法否認自己是超M變態，萬一真的冒出這種謠言，只能說事出必有因、無風不起浪。

「乾脆就主人和我搬出去外面住吧？」

「這是一個方法沒錯啦，但是既然總有一天會被拆穿，還是一開始就講清楚比較好吧，再加上花邑家的設施無法想用就用這個缺點。」

與克拉利絲小姐對打訓練也會變得較麻煩，還有無法使用花邑家的設施這個重大的缺點。

「既然如此…………我很擅長發出貓叫聲。」

「我大概明白妳的意思，但不管怎麼想都行不通吧。」

「我在雨天發現她瑟縮在紙箱中渾身發抖——只要這樣講肯定就是能改編成電影的感動巨作。」

如果世上真的有渾身濕透瑟縮在瓦楞紙箱裡頭的女僕，那麼尼斯湖水怪真的存在好像也不值得訝異。

「那畫面還滿好笑的吧，說不定也算得上驚悚。」

「玩笑話就先放一旁，我有個錦囊妙計。」

「雖然聽起來不是什麼高明的計策……說來聽聽。」

「就直說您想僱用一名女僕如何？根據您的描述，花邑家家財萬貫，僱用一名女僕也很正常。」

我起初抱持懷疑態度，但提案還滿實在的。

「哎，是沒錯……不過我們家已經有克拉利絲這位女僕了。」

那個人雖然是護衛騎士，應該也算是女僕吧。除此之外，琉迪的妖精僕人有時也會出現，雖然並非常駐於家中。

「只是多出一兩位女僕，想必也不會介意吧？」

「是沒錯，但事情沒這麼簡單啊……」

家中沒有克拉利絲以外的女僕常駐，最大原因是姊姊個性怕生。

況且區區一名學生會突然說想要僱用女僕嗎？在日本……奇怪？該不會這個世界上學生僱用女僕不算不可能？就算真是這樣……

「說到僱用，我突然想到，還有薪資問題……」

現在回想起來，我沒印象在魔探見過支付薪資給奈奈美的場面……卻每天把她帶進迷宮戰鬥，簡直是黑心企業。

「賣掉迷宮裡的道具應該付得起吧？等等，光是我的零用錢就能輕易養活一個人了吧……」

畢竟金額多到嚇人嘛。如果我從小生長在這個家，金錢觀恐怕已經麻痺了。或者該說我當下就在逐漸麻痺的過程中。

哎，對現狀心懷感謝，這筆錢就用來支付奈奈美的薪資吧。從這個方案來看，留下最低限度所需的金錢後，還能給奈奈美多少錢？

我從每個月能拿到的零用錢反過來計算能給奈奈美的薪資時——

「咦？」

奈奈美輕聲驚呼。

「妳怎麼嚇到了？」

足以養一個人的零用錢真的很異常吧。

「……不，因為我沒想過能領到薪資。」

「啥？妳說什麼？」

我不由得反問。奈奈美則是在困惑中開始解釋：

「ＭＫＳ天型有些特殊，對金錢沒有欲求。」

「……怎麼回事？」

「說明起來不太容易，天使這種族的最底層不認為自己需要『金錢』。我也屬於這一類，因此請不要太介意，當作不需要薪資就好。」

等一下等一下，這種事怎麼可能。那要怎麼維持持續工作的動力？就算奈奈美這麼說，既然要工作就一定要換取報酬，沒有報酬就單純只是奴隸。我想要的是夥伴，而非奴隸，就算這夥伴是以金錢僱用來的。

「……不，我一定會支付酬勞給妳。就這樣決定了。」

奈奈美嘆息道：

「這樣啊。拿到恐怕也沒機會使用就是了。」

「妳就當作是主人的自我滿足吧。休假時隨便妳花用。」

「咦？有休假喔？」

奈奈美似乎發自內心感到訝異，音調興奮地上揚。緊接著她像是無法置信般，微微搖頭。

「咦？妳以為沒有休假喔？」

「是的。最底層的天使沒有休假。只要適當補充魔力等等的能量，就能持續不斷地工作。」

「這樣是為何而活著啊……」

為改善天使的勞動環境抗議吧。難道沒有工會嗎？快點發起罷工吧。沒人要幹的話，就由我開始。

「只要得到主人的魔力作為能量來源或者是用餐，我並不需要休假……」

「……關於奈奈美的待遇，之後再好好考慮吧。」

「感謝您為此費心。」

是這樣喔。天使聽起來形象雖然不錯，但在這方面給了我黑心的印象。

我充滿哀憐之情看著奈奈美，她這時話鋒一轉說道：

「不好意思打斷剛才的話題，天色也差不多要轉暗了，還是盡早動身返家吧？」

聽她這麼說，我拿出月詠旅行家確認時間。晚餐時間的確已經逼近。雖然我事先就告知過有可能趕不上晚餐，但是為了減少讓大家擔心，還是盡可能早點回去。

「說的也是，那我們回去吧。話說，要怎麼解釋？」

我這麼一說，奈奈美便將手掌握成拳頭，搔了搔頭。

「喵～～喵～～～～呼咻～～」

「……叫聲是很像啦，不過這招沒用。」

「你回來啦～～」

琉迪坐在沙發上隨手快速翻著魔法書一類的書籍。克拉利絲小姐和姊姊都不在，毬乃小姐大概正準備回家吧。

「我回來了。」

「不好意思打擾了。」

大概是因為聽見女性的說話聲，琉迪的臉倏地抬起。儘管琉迪以訝異的眼神盯著奈奈美，奈奈美的表情仍紋風不動。

「幸助同學，你來一下……」

琉迪突然裝起良家大小姐，拉著我的手臂來到走廊上。

「這是怎麼回事？那是誰？」

琉迪平常絕不會發出的低沉音調讓我不由得倒退半步。

「這件事說來話長，好像又不太長……」

「什麼啊？那女僕是怎樣？你懷著什麼目的僱用她？」

琉迪的眼神變了，情緒顯得十分暴躁。為什麼她現在會這麼生氣啊？

「正、正確地說，不是僱來的，是在迷宮撿到的……」

「夠了。」

像是認定再講下去只是浪費時間，她離開了。我連忙邁步跟在她後頭。

「您好。不好意思請教一下，您是哪位？」

琉迪投出威嚇般的銳利視線，如此逼問奈奈美。我原本想介入兩人之間，但琉迪那箭矢般的視線一瞬間轉向我，讓我駐足不前。那完全是肉食野獸的目光。

「幸會，還請多多指教。我自本日起成為瀧音幸助大人的女僕，名叫奈奈美。」

「奈奈美小姐是吧？我名叫琉迪薇努。那麼，請問您究竟是懷著何種目的親近這東西？」

雖然我被當作東西，但是太恐怖了讓我無法插嘴。然而遭到逼問的奈奈美臉上浮現了爽朗的笑容。

「夫人的擔憂我也十分明白。我向您保證，絕沒有這回事。」

「哦……沒有喔…………嗯？夫、夫、夫、夫人？」

琉迪陷入混亂了。原來如此，讓她混亂就是奈奈美的計畫吧。

琉迪雙眼圓睜，奈奈美對她語氣平淡地繼續說。這樣下去琉迪應該會被她說服吧。

「我身為主人的女僕，必當真心誠意服侍主人，當然也絕不會做出任何使主人蒙受損害的行徑。這一點對於夫人也不例外。」

「妳先等一下，妳說的夫人是誰啦！」

琉迪的口吻已經變回私底下的態度了。看來「夫人」這個稱呼真的讓她很震驚吧。我也很吃驚就是了。

「主人也說過您是他在世界上最信任的人，而且兩位的關係狀甚親密。」

我細細思索她說的意思。

「嗯，最信任這一點是沒錯。」

雖然排名和學姊、姊姊相同，她確實是我能完全信賴的其中一人。

「你、你騙人。」

琉迪手足無措，臉頰泛起淡淡紅暈，左顧右盼掃視四周。最後與我四目相對，她的臉就像煮熟的章魚變得通紅。緊接著她撇開臉，快步離開現場。

「真的假的……？」

奈奈美似乎有話想說，但因為房門開啟，打斷了她。

看起來慵懶更勝平常的姊姊與奈奈美四目相望後，睜大了眼。她的臉隨即轉向我。

「……欲求不滿？」

「我想應該有其他該說的話吧？」

見到奈奈美，劈頭就來這句話喔？該不會她以為我叫了應召站還要求小姐穿女僕裝吧？話說這個家裡除了我之外全是女性，怎麼可能叫小姐。

「要女僕裝的話，我可以穿。」

這句話也不對吧。不過我也很想看姊姊穿上女僕裝的模樣。唔……好大。

我和姊姊說著無關緊要的話時，奈奈美插嘴介入我們的對話。

「幸會，請多多指教。我是瀧音幸助大人的女僕，名叫奈奈美。」

姊姊的臉一瞬間轉向奈奈美，但又立刻轉回我身上。

「要女僕侍寢的話，我可以扮喔。」

「那就拜託了……等等，不是這樣啦。我只是單純想僱用一位女僕而已。」

她無法置信地輕聲驚呼，皺起眉頭。話雖如此，這是因為我已經習慣姊姊的反應才能看出這樣細微的變化。

「反對。」

「姊姊，聽我說。」

「反對。沒這必要。」

姊姊二話不說就全面拒絕。隨後姊姊一把抓住我的手臂，把我拉向她。我被拉到她身旁後，她的手臂立刻緊緊圈住我的頭。姊姊的手有些冰涼，慣用的沐浴乳香氣鑽進鼻腔，同時她還溫柔地輕撫著我因為攻略迷宮而髒汙的頭髮。

「姊姊，等一下，剛剛才在迷宮探險，我全身都是髒的。」

「不髒。」

奈奈美在旁看著這一幕，露出比剛才更燦爛的笑容。

「請儘管安心，夫人。」

她拎起裙襬的兩端，行了一個優雅高尚的屈膝禮(Curtsy)。

「我身為主人的女僕，必當真心誠意服侍主人，當然也絕不會做出任何使主人蒙受損害的行徑。這一點對於夫人也不例外。」

這番話我剛剛好像才聽過。哎，雖然琉迪這樣就被擺平了，但姊姊個性滿孤僻的。

基本上這個家的女僕只有克拉利絲一人，我實在不認為姊姊會接納……

「幸助。」

姊姊鬆手放開我的頭，擺到我的肩膀上，得意地輕哼一聲。

「真是了不起的女僕，真虧你能找到，一定要僱用人家。」

「我最近越來越搞不懂姊姊了。」

照理來說，她絕對不會許可的啊。事態急轉直下，圓滿解決了。

「夫人，若您願意，可否告知您的尊姓大名？」

「花邑初實。」

「初實夫人，今後請多多指教。」

那麼——奈奈美話鋒一轉。

「主人，差不多是時候準備晚餐了。夫人已經用晚餐了嗎？只要有食材，無論要法式、義式、日式或中式全都能為您調理。」

「大家都還沒吃。不過今天已經叫壽司了，不用下廚。」

看來今天吃壽司。

「我明白了。那麼我希望在開飯前先準備好晚上就寢的地方……」

「有很多空房間。」

奈奈美搖頭。

「不，夫人不需要為我準備如此豪奢的住處，只要把我放進主人的壁櫥就夠了。」
妳是貓型機器人嗎？
「真是魅力十足的房間。」
姊姊，妳的感想有問題喔。就過去的我的價值觀來看，明明能住在這樣豪奢的宅邸，壁櫥究竟有什麼因素如此吸引她？我真想質問她一整個小時。
「那麼上半部就給初實夫人，下半部由我……」
「我是不是可以吐槽了？這個家根本就沒有壁櫥，只有衣櫃。」
就設計來說，壁櫥是用來收納棉被，而衣櫥是用來收納衣物的喔。本來就不是用來讓人睡覺的。
「哎，那就沒辦法了。那麼，初實夫人請睡主人的床鋪右側，左側請交給我。」
「哈、哈、哈！奈奈美講話真風趣呢。」
「嗯，很棒的提議。」
「二話不說就答應？現在應該在討論房間吧！」
見了我的反應，奈奈美萬分愉快地微笑。
「主人，這當然只是開開玩笑而已。」
她說著「怎麼可能是說真的嘛」又用手肘頂我，我也回答「真是的，妳在講什麼啦」，想伸手拍打奈奈美的背——

「咦？」

姊姊露出一臉彷彿察覺到人生終點般絕望的表情，啞口無言。

「「呃……！」」

我和奈奈美的聲音重合。搞不懂姊姊的用意，不知該如何回應時——

「幸助，那個，剛才那件事……」

臉頰還留有幾分紅的琉迪回到客廳。

「大家～～我回來了喔～～今天的晚餐是大家最愛的壽司♪」

笑盈盈的毬乃小姐愉快地走進家門。

於是當下狀況迎來了渾沌。

諸位絕世美女齊聚一堂的花邑家客廳，人人臉上表情各不相同。也許可以稱之為暴風雨前的寧靜，場上誰也沒有開口說話。

大概是因為最高級的壽司就在眼前，毬乃小姐一臉笑盈盈。

姊姊的表情與平常無異，但情緒似乎有些低落。

琉迪這段時間不時與我四目相對，臉頰依舊微微紅潤。

奈奈美神態自若，完全看不出在想什麼。

以及面對這片混沌空間，剛剛才到家而不知所措得教人覺得可憐的克拉利絲小姐。

她本來就不擅長應付預料外的事態，這狀況鐵定讓她壓力十足吧。

「……所以說，這是怎麼一回事？」

毬乃小姐首先打破僵局。我稍微思考了該怎麼說明，不過結論還是應該從頭講起。

就當作是偶然在迷宮裡發現的吧。

「……所以我就攻破迷宮，發現了她……畢竟都訂契約了，我希望能就這樣僱用她當家裡的女僕。」

「是喔～呵呵！為何小幸做了這麼危險的事呢～？」

責怪的視線直刺向我。不只來自毬乃小姐，而是奈奈美以外的所有人。

踏入迷宮的時候，我從未想到這些。我判斷自己的實力已經足以輕鬆應付。不過大家都不曉得。她們絕不會知道我已經擁有迷宮的知識，也事先做好了萬全的準備。

從旁人的角度來看，會覺得我太過魯莽也是人之常情吧。偶然間發現過去從未有人涉足的迷宮，卻沒有聯絡任何人，逕自進入探險。

嗯，換作是我站在她們的立場，一定會大發雷霆，說不定還會比現在的她們更加憤怒。下次一定要留意才行。

不只是毬乃小姐，琉迪和姊姊也對我狠狠說教了一番，我明確表示反省後，這才進入正題。

「然後，呃～～關於奈奈美小姐……」

毬乃小姐說著，看向奈奈美。奈奈美一語不發，反過來注視她的雙眼。

讓我感到不解的是，奈奈美非常溫順，一次也不曾參與對話或是開玩笑，甚至完全沒有開口。原因究竟何在？

因為奈奈美毫無反應，短暫的沉默降臨。

首先打破沉默的是克拉利絲小姐。

「我反對！」

所有人的視線集中在克拉利絲小姐身上。

「雖、雖然我不願意這麼說，但是她的來歷不明。我身懷守護琉迪薇努大人的使命，若有個萬一就太遲了。」

要讓身分不明的人住進這個家，她的不安我也能理解。畢竟琉迪可是公主殿下……

雖然我太熟悉她在這家中融入日常生活的模樣，已經幾乎感覺不到公主的威嚴了。

哎，克拉利絲的擔憂只是多餘。

「嗯～～既然天使已經確實訂下契約，應該沒問題吧？天使契約的安全性，我可以保證喔。若真有問題，問題其實在於能不能信任小幸這個契約者。」

不過小幸應該不需要擔心吧——毬乃小姐不假思索便如此說道。

對天使與惡魔而言，絕對無法違逆契約。遊戲中的設定也是如此。不過這個設定只有在次要女角的床戲才會稍微用上，幾乎只是裝飾品。

那個設定在這個世界大概同樣存在吧。所以如果我命令奈奈美把禁止事項全部說出口，她儘管自身有可能遭到處分，還是非說不可。不過實際上我不會這樣命令她，她是不是真的會告訴我，又是否真的會被處分，一切都不明。

「……一切如您所說，契約已順利締結，我絕對不會違逆主人。」

奈奈美如此說道。

絕對不會違逆？我想用敬語稱呼，她就咂嘴表示不滿；要是不與她同住就打算散播謠言。奇怪？這該不會是契約有問題吧？

「可、可是……對、對了。初實小姐怎麼看？雖然服從，但是有個陌生人要住進這個家喔。」

她大概以為姊姊會反對住在一起吧。嗯，我之前也這麼認為。

「我覺得無所謂。」

「咦～～！」

克拉利絲小姐非常震驚。她的心情我感同身受，我不久前才親自體驗過。

「琉、琉迪薇努大人！換作是琉迪薇努大人，一定……」

聽她這麼說，琉迪看向我。

「我、我也一樣，把幸助當成，那個，最能信賴的人……！」

她抬起眼如此說道。

克拉利絲小姐大概以為至少琉迪會贊同她的意見吧。只見她神情訝異，睜圓了眼，張口卻又說不出話。如果事先稍微得知剛才的事情經過，應該就能大致猜想大家的反應了。一方面是回家時間太不巧，一方面我也覺得她有點可憐。畢竟平常深受她照顧，之後找些方法補償她吧……！

「好啦，既然事情決定了，就開動吧！」

有壽司喲♪高級壽司♪——毬乃小姐口中哼著歌，準備了筷子，逕自開始用餐。這件事非常無關緊要，毬乃小姐好像很喜歡鮭魚卵。

飯後，我洗過澡前去找奈奈美。奈奈美似乎特地挑選了我旁邊那間房，還說這樣就能隨時待在主人身旁。

雖然不知道她是不是說真的，但是聽她這麼說，自然也不由得開心。此外關於日後的生活，她似乎去找毬乃小姐決定了一些事，詳情我沒特別過問就是了。

「後天要進迷宮？遵命。」

我先向她如此告知。明天先在學園購物，隔天再挑戰那個迷宮。

這次要向毬乃小姐報告，並且約定絕不會魯莽行事。況且奈奈美也會一起去，應該沒問題吧。

我跟奈奈美道別後，回到自己房間。

我原本打算構思明天的行程，但有件更重要的事。

難道我房間的燈一直開著嗎？微微敞開的門縫透出些許光芒。

「…………嗯～～好。嘶～～～～哈～～～～」

我推開門看向房間，猛然深呼吸。太好了，燈不是我開的。

眼前是我自己的床鋪，四周散落著不知是誰褪下的衣物。掉在地上的衣物有褐色毛衣、紅色裙子，還有黑色緊身內搭褲。嗯，我記得剛才確實有人穿著這身行頭。

她背對著我，因此無法確定，但身體隨著一定的韻律起伏，看來應該已經熟睡了。

回到重點。為何姊姊會睡在我的床上？

呼～～我再度猛然深呼吸，將散落在地上的衣物摺好。之後我關燈，靜靜走出房間。目的地是客廳的沙發。調整了空調設定後，我伸了個大懶腰，平躺在沙發上。

這樣就搞定了。

今天攻破了一個迷宮，真是充實美好的一天。

明天也要加油啊，晚安。

久違地來到學園，但目的不是上課。

「嗯～～陣刻魔石也買好了，應該沒少吧……？」

「主人，為了犒賞努力，不能少的甜點還沒買。」

是ＯＬ嗎？還是毬乃小姐？或者說奈奈美自己想吃？等等，更重要的是——

「雖然我剛才一直不吐槽，為什麼奈奈美妳會出現在這裡？」

因為明天要進迷宮，我請她先保留了明天的時間。但是今天我並沒有對她提出任何請求。

「無論主人前往何處，奈奈美千里相隨。」

「妳是在講什麼東西……」

「待在自家能做的事似乎很有限，既然如此，乾脆跟來。」

大概是理解了我想說什麼，她如此解釋。

哎，事實是這樣沒錯。待在家裡只能和克拉利絲小姐一起看家吧。

「不過妳又不是學園生，跑來沒關係嗎？」

「我已經取得學園最高掌權者的許可……她馬上就說：『ＯＫ～～』」

原來如此，她說昨天和毬乃小姐商量事情，就是指這件事吧。話雖如此──

「這學園真的沒問題嗎？」

哎，既然過去都沒問題，應該是真的沒問題吧。不過我還是不免擔憂。

「對我以外的人應該不至於輕率地予以許可……」

奈奈美如此說著的同時，注意到什麼般以視線對我示意。奈奈美的反應突然變了，我循著她的視線看過去，發現那裡有位嬌小的雙馬尾少女。

「啥？幸助和……………女僕？」

「卡托麗娜？」

出現在該處的正是卡托麗娜。

大概是十分吃驚，她的視線停在奈奈美身上。這也是當然的反應。畢竟這裡可是學園，眾人都穿著制服走進校門，為何會有穿著女僕裝的女性出現？哎，其實是我家女僕就是了。

那麼，這下我必須向她介紹奈奈美，不過她究竟算什麼呢？身為天使這件事不需要告訴她，雖然是女僕，又有點怪里怪氣……不過也用不著說她很奇怪吧。

「算是女僕吧？叫奈奈美。」

「我說你啊，這說明算什麼？不管誰來看都是女僕啊。如果你覺得不是女僕，我才想問你有什麼毛病。」

「是啊，說明太簡單了，沒加上『美少女』。請重來一次，主人。」

看卡托麗娜的表情，她應該覺得：「這對主僕真的沒問題嗎？」我話說在前頭，這女僕也許真的沒救了。

「奈奈美，她是加藤里菜，我都叫她卡托麗娜。呃～～專精近距離戰鬥，特別擅長使用匕首。」

「卡托麗娜小姐是吧？我是服侍主人瀧音幸助的美少女女僕奈奈美。我敢自稱操控菜刀和主人的技術已爐火純青。」

「我說，你的說明會不會太隨便了？話說你們主僕真的沒問題？」

「我有時候也會覺得不安……」

「怎麼這樣說呢？明明都找到這麼完美的女僕了，福氣會降臨到奈奈美身上喔。」

「那不會帶給我幸運吧？」

「看見美少女幸福的模樣，主人想必也會有幸福的心情。」

「確實如此…………！」

一語驚醒夢中人。沒錯，見到自己喜歡的女孩展露笑容，當然會萌生幸福的心情，一點也沒錯。

「唉，我懂了。簡單說，你們主僕就是天造地設的一對吧。」

也許真的是這樣。不過這些事就算了。

「話說，妳今天怎麼了？現在不是下午課程的時間嗎？」

「平常我會和近身戰鬥的伊織或橘子頭一起上課，但是今天我想先提升開鎖和察覺陷阱的技能，所以分頭行動。結果你猜猜怎麼了？教師居然請假，開什麼玩笑。」

「那個不是會顯示在月詠旅行家上面嗎？」

月詠旅行家可以連線到顯示這些課程資訊的網頁。只要確認課程資訊就可以了吧？不過如果課表都已經裝在腦袋裡，也很可能沒看過就直接來上課吧。

「這我知道啦，是我自己沒注意。」

她氣呼呼地走在我身旁。然而有件事讓我忍不住想問。

「欸，卡托麗娜，妳覺得沒關係嗎？」

「啥？什麼沒關係？」

「我是說這個狀況啦。」

我掃視四周，立刻就發現有視線指著我們。大多數都指向奈奈美，但也有人對我投以反感的目光。在這樣的狀況下，和我們走在一起的卡托麗娜自然也會沐浴在好奇的目光中。

「啥？幹嘛在意？我又不覺得你是壞人，也覺得其他人要怎麼看我，都隨便他們就好……喂，那是什麼啊？我們去看看吧。」

卡托麗娜說完便走在前頭。

我為了追上她而邁開腳步時，奈奈美在我身旁低聲對我說：

「該怎麼形容才好，是個大而化之的善良女性呢。」

這我知道。卡托麗娜是個好女孩。正確來說，在魔探中要找惡人還比較難。

我追逐卡托麗娜的背影，發現有一群學生圍成一圈，在眾人的中心處有位女性倒在地上，另一名男性則俯視著她。

「欸，妳振作一點！」

「喂，爬起來啊！」

另外兩個人哀求般陪在女性身旁。倒地的兔耳女性渾身是傷，發出呻吟，驅策自己的身體動作，卻一動也不動。

貝尼特卿百般無趣地注視著他們。

卡托麗娜目睹那情景，神色劇變，我連忙用第三隻手抓住她。因為我覺得視情況，她可能會衝出去。

「你……想幹嘛啦。」

「不用擔心。」

我懷著確信如此說道。因為那位兔耳女性我很眼熟。

聽聞騷動而趕來的不只我們。

一頭燃燒般的紅髮的女性出現在這裡。她先是看向倒地的兔耳女性，又看向俯視著對方的貝尼特卿，表情驟變。她站到他面前，伸手按在細劍劍柄上，直瞪向他。

「貝尼特？可以請你解釋清楚嗎？」

「解釋？真的有需要解釋？她是敗者，我是勝者。一切如妳所見。」

隨後一名白髮女性走進場中，來到兔耳女性身旁。見她的服裝就知道，她是絲蒂法妮亞聖女。她讓魔法陣浮現，發動恢復魔法。

之前已經見過一次的學生會長莫妮卡、風紀會會長職位的隊長絲蒂法聖女，以及式部會會長職位的貝尼特，三大巨頭現在齊聚一堂。

貝尼特卿與莫妮卡會長為了剛才兔耳女性的問題開始爭論。

「欸，貝尼特，其實我很欣賞你的實力。不過啊，這未免太過分了吧？」

「我也同樣欣賞莫妮卡會長的實力喔。不過，妳想法太天真了。容我秉實以告，大方展現實力與才華的我還比較溫柔。可以了吧？妳快站起來呀。我還這樣精神充沛喔，妳還沒讓我多沾上任何塵土喔。」

被絲蒂法聖女恢復的女性惡狠狠地瞪著貝尼特，作勢要再度上前，但是一旁的友人架住了她，隨後便把她拖離現場。

貝尼特卿見狀，呢喃道：「哎呀呀，待在這裡只會礙眼，要是能早點退學消失就好了。」

莫妮卡會長身旁浮現了數盞搖曳的赤紅鬼火。那團火屬性的魔力就有如莫妮卡會長那頭燃燒般的紅髮。也許是從她身上滿溢而出的魔力可視化了吧。

「欸，貝尼特，成績一次也沒贏過我的貝尼特，真的那麼想戰鬥的話，我就陪你過個幾招吧？」

聽了這句話，貝尼特卿瞇起了雙眼，緊接著茶褐色的魔力自他身上冒出。彷彿受到再大的衝擊也絕不會動搖的土屬性魔力。

「哦？怎麼了？想打架的話，我奉陪……我一直覺得妳應該品嘗一次慘痛的敗北。更重要的是，我覺得妳這種天真的個性不適合擔任學生會長。對了，在妳成為我的手下敗將而失勢之前，建議妳主動辭職吧。」

自會長身上溢出的魔力更加強烈了。

「哦？你覺得這種程度的實力……就能讓我失勢？」

「妳確實有實力，但妳是不是過於相信自己的實力了？多餘之處太多了。哎，不過就算更加洗練，妳也無法勝過我吧。」

大概是為了平定爭執，聖女介入兩人之間。

「兩位都先冷靜點。兩位似乎都在氣頭上，暫且離開這裡——」

但是莫妮卡會長與貝尼特卿毫不理會聖女的調停。

「絲蒂法，這種思想有病的傢伙，還是嚐過一次苦頭比較好。」

「是誰會嚐到苦頭還很難說喔。雖然對絲蒂法妮亞大人不好意思，但本次賭上了我的自尊，如果想礙事，即便妳貴為聖女也無法手下留情。哎，雖然我不認為風紀會的花瓶——絲蒂法大人有什麼能耐阻止我。」

「哎呀，我們難得取得共識了呢。」

這句話一出，絲蒂法聖女的氛圍也稍微轉變。

「貝尼特同學還真風趣，莫妮卡同學的玩笑話也太過頭了，竟然說我是花瓶。」

絲蒂法聖女身上同樣竄出魔力。那是象徵聖女般的銀白色光屬性魔力。

「如果兩位不停止爭執，我也會被迫動用力量。」

受到三人的魔力壓迫，周遭的學生氣氛也轉為緊繃。平常他們應該會為莫妮卡會長或絲蒂法聖女聲援吧。

「這氣氛是怎麼回事？」

「這樣……真的不會出事？」

龐大魔力滿溢於現場，情勢可說一觸即發。眾人都因為這異樣的氣氛而手足無措。那想必是相當強大的壓力吧，我身旁的卡托麗娜也渾身僵硬。

「這就是三會，月詠魔法學園中擁有最高權力與戰力的三大組織的會長。」

沒錯，這就是三會。在人人都有實力的學園內，最尖端的強者的位子。這就是我目標的中繼點之一，同時也是——

「最後必須超越的對象。」

卡托麗娜輕聲驚呼，訝異地看向我。

見三會會長彼此互瞪，圍繞在周遭的學生大概都認為當下狀況急迫吧。不過我不這麼認為。

只要是已經加入三會或是知道三會詳情的人，應該都跟我有同感才對。重點在於我知道被貝尼特卿打倒的校刊社女性是誰。正因如此，我明白。

啊啊，這還真是……

「哎呀呀，這狀況究竟是怎麼回事？」

原以為接下來狀況就要有所轉變，但似乎並非如此。

「花邑毬乃……學園長。」

附近有人如此呢喃。學園長毬乃小姐現身了。見到她的身影，我微微點頭。確實要平定這場爭執，毬乃小姐最適任。

「莫妮卡同學，有關學生會的事，我想與妳談談……」

她這麼一說，莫妮卡便使魔力霧散，猛瞪了貝尼特卿一眼，隨後便與毬乃小姐一同離開現場。緊接著，聖女也說擔心剛才的女性而離去。

只剩貝尼特卿。

貝尼特卿看著環繞四周的人群，聳了聳肩後朝我這邊走過來。

最後他見到我們而停下腳步。

「女僕啊？」

他看著一身女僕裝的奈奈美以及站在她身旁的我，高高挑起了嘴角。隨後他對奈奈美釋放魔力波。

「你們，該不會以為這裡是供你們遊戲的地方吧？」

奈奈美不慌不忙，還為了不讓魔力波及我而迎向前去。我打斷她，站到她面前。式部卿貝尼特——月詠魔法學園的至高權力三會之一的會長。我正與之對峙。

「我家女僕怎麼了嗎？」

「怎麼了？你明知故問？你來這裡是為了與女僕親熱？是的話何必來學園，待在家裡不就好了？既然都請得起女僕，應該算得上滿有錢的吧？」

貝尼特卿接下來瞪向卡托麗娜。

「妳也一樣，在這裡閒晃真的好嗎？你們原本就欠缺才能了，盡可能多努力一下會比較好吧？」

他將朝我釋出的魔力轉向卡托麗娜。遭到龐大的魔力迎面撲來，我知道卡托麗娜身體倏地打顫。

這就是式部卿貝尼特的魔力。正面承受那股魄力，卡托麗娜的心理壓力想必非同小可吧。不過單純看魔力量的話只有這種程度，和我相比壓倒性地少。大概是因為這樣，我不覺得他有什麼好怕。

我面對貝尼特卿，決定發出天不怕地不怕的笑聲。

「哈哈、哈哈哈哈，哈哈哈哈哈哈哈！」

旁人瞬間沉默，周圍氣溫彷彿驟降。他們大概都嚇到了吧。因為我竟敢對著邪惡的首領，式部會的會長式部卿貝尼特．伊凡吉利斯塔笑得這麼目中無人。

「什麼嘛，既然是眾人口中的三會首領，我還以為你很有眼光才對。」

就連貝尼特卿的臉都一瞬間皺起，旁人所受的震驚想必更是劇烈吧。

「我說貝尼特．伊凡吉利斯塔卿啊，你所瞧不起的她們，在我看來可是充滿了可能性喔。你有沒有長眼珠啊？」

我朝後方瞄了一眼。卡托麗娜目瞪口呆，不過奈奈美一如往常。

「你能這樣囂張的時間已經不長了。無論是我或奈奈美，還有卡托麗娜，很快就會超越你。」

我如此說完，貝尼特卿隔了一拍後輕聲哼笑。

「哦？那就讓我見識看看吧。我會祈禱你不只是說大話。」

貝尼特卿說完便得意一笑，邁步離開。

我輕吐一口氣，讓情緒恢復平靜。

在我轉身面向卡托麗娜她們時，一股衝擊猛灌腹部。我按著自己的腹部，看向對我出手的她。

「嗚，妳幹嘛啦？」

「你想怎樣啦，揍你喔。」

「那個，不要先揍了才警告……」

看來剛才對我腹部猛擊的是卡托麗娜。她鼓起臉頰，不愉快地瞪向我。

「喂，你知不知道你隨隨便便就幹了什麼好事啊？」

「因為那傢伙……」

「我是有點被那傢伙的魔力嚇到啦……但也只是一瞬間畏縮而已。在那之後，我原本就要頂嘴的耶。」

她似乎對於我向貝尼特挑釁這件事感到氣憤。不過——

「別生氣啦。其實我只是說出事實而已啊。」

「啥？」

「我真心覺得卡托麗娜能夠超越貝尼特卿喔。」

卡托麗娜露出一臉呆愣的表情。妳這什麼可愛的反應？

「我也一樣，目前還無法贏過三會的成員，式部卿的貝尼特卿就更不用說了。」

他們三會的確很強，更正確地說，三會成員之中沒有一個人實力虛弱，而今天遇見的這些人更是鶴立雞群。

「和卡托麗娜妳交手那次，之後聽妳說將來要超越我，我就這麼認為了，這傢伙一定會出人頭地。哎，其實我覺得伊織和琉迪也同樣會成為強者就是了。」

因為我很清楚，在遊戲包裝盒封面上登場的嬌小雙馬尾主要女角，不管在哪個迷宮都能為玩家大展身手。那份助力不知勝過瀧音幸助好幾倍。

但是啊，但是——

「很遺憾——」我對著表情好像被獵槍打中的鴿子般的卡托麗娜，話鋒一轉。

「不過最強的寶座我已經訂了，妳再怎麼努力也只有第二名。不好意思喔。」

「主人，第二名是我的，卡托麗娜小姐應該排第三。」

聽了奈奈美和我的這番對話，卡托麗娜笑了笑。

「喂，你們主僕到底是在講什麼……？」

她裝模作樣地聳聳肩，面露笑容。那是在遊戲中不知見過幾次的無所畏懼的笑容。

「第一名當然會歸我吧？我可不會輸給你們和伊織。」

她如此說完，背對我邁開步伐。但是她走了幾步又停下來。

「啊，對了對了，幸助！」

她依然背對著我，喚我的名字。

「怎麼啦？」

「謝謝你剛才擋到我前面。今天的你……有一點帥喔。雖然只有一點點。」

話一說完，她就跑遠了。

我和奈奈美一同造訪的迷宮是「似乎暗藏貓科肉食猛獸的洞穴（註：暗指虎〇穴）」的店家贈品之中的資料片迷宮「夜天光洞窟」。每當來到秋葉原的這家店，我總是不只買成人遊戲，還會忍不住帶幾本同人誌回家，折損不知多少張萬圓大鈔，而且通常還會到「好像很美味的書（註：暗指Mel〇nBooks）」多買其他東西就是了。

言歸正傳，魔探的店家贈品中的資料片並沒有贈送足以破壞遊戲平衡的作弊道具，「好像很柔軟的地圖（註：暗指S〇fmap）」等店家的贈品也相同。在這些迷宮中可取得的技能或道具雖然在遊戲初期超級有用，但是一到故事後半就顯得貧弱。

當然，既然在當下是超級有用的技能，我自然非來不可。

「奈奈美，弓用起來順手嗎？」

「已經靈活到幾乎有如使喚四肢。哎呀，只要有我這種實力，不管什麼武器都能駕輕就熟就是了。」

女僕騎士的特徵之一就是可以使用特殊武器之外的所有武器，因此每個玩家的培育方向各有不同。有玩家會讓她徹底鑽研近身戰鬥，也有玩家會讓她習得防禦技能並手持大盾吸引砲火。此外，也有玩家會活用她幾乎能習得全屬性魔法的長處，讓她手持魔杖學會魔法，也有玩家選擇讓她施展恢復魔法。

這一切應該都會隨著其他隊伍成員的選擇而變化。哎，若是經歷數輪遊戲之後，女僕騎士無論何種技能都能靈活施展吧。

「那還真是可靠。」

我對奈奈美的請求是，希望她習得盜賊系技能以及遠距離攻擊。

盜賊系技能是挑戰迷宮時絕對不可或缺的條件之一。如果無法察覺陷阱，想必有可能被陷阱刺得全身開洞，上鎖的寶箱當然也需要仰賴開鎖技能開啟，也希望她拆解寶箱的陷阱。

另外還能讓她來補足我不擅長的遠距離攻擊，這般完美的女僕究竟要上哪找？唯一而且最大的缺點就是色情陷阱也會被她識破吧。

「不過這樣真的好嗎？不找琉迪小姐等人一同前來。」

「她們要上課啊……剛好放假的話，我就會拜託她們跟我一起來。」

不過我還是事先向毬乃小姐和姊姊報告過我和奈奈美要進迷宮。大概是因為有奈奈美伴隨，比想像中更簡單就得到許可。然而她還是要我保證絕對不能太勉強自己。

之後不知為何姊姊想蹺課跟我一起來。琉迪和學姊她們這些學生也許還說得過去，為什麼是教授打算蹺課啊？我丟給毬乃小姐處理了。

話雖如此，這個迷宮的等級和我發現奈奈美的「黎明之窟」同等，我一點也不認為自己會陷入苦戰，而且事實上我們輕輕鬆鬆就抵達這裡了。

在最底層之前確實如此。

「真是一場漫長又艱辛的戰鬥……已經到最底層了耶。」

「是哪裡艱辛了？話說回來，真的一口氣就衝到底了。」

眼前有一扇巨大的門扉。門大概無法開啟，前方設有魔法陣，散發著藍白色光芒。

這世界的門到底是怎麼回事？

「啊啊，看來時候終於到了……該大方秀出奈奈美的真正實力了。」

「每次聽到這種台詞，我都會想說應該打從一開始就解放全力才對。」

有些戰鬥打從一開始就解放全力的話就不會輸。

「那麼，我們上吧。」

我們兩人走進魔法陣中。

本迷宮設置的頭目是人虎。在魔探的遊戲初期，這頭目驚人的速度與攻擊力會讓玩家陷入苦戰，不過到了遊戲中期之後就會淪為到處現身的小怪。此外，有一部分被玩家稱為「特殊怪」的特別個體，強度與一般小怪截然不同，我記得曾有個傢伙把我打得落花流水。不過只要進了第二輪，就只是單純的養分而已。

正如我預料，走進轉移魔法陣後，眼前出現了一身黃色毛皮帶有黑色條紋的人虎。

那臉龐無異於叢林中的猛虎，身體基本上是人型，卻又長出毛皮與尖爪的模樣究竟該如何形容才好？此外，全身上下的肌肉有如健美先生般壯碩，看起來每一擊都會讓人吃盡苦頭。沒錯，只是看起來而已。

「吼喔～～～」

低沉的嘶吼彷彿能撼動我的身體。大概是為了隨時都能撲上來，人虎壓低了姿勢，我則回瞪牠的雙眼。

「奈奈美，要上了。」

最先發動攻擊的是奈奈美。將魔力注入弓中，鬆開緊繃的弓弦。

人虎流暢地往側邊移動，展現看似沉重的身軀難以聯想的靈巧步法，閃過了那根箭矢。畢竟距離滿遠的，又是從正面射擊，射不中也是合理的結果吧。奈奈美大概也不覺得會射中，她已經取出下一根箭矢。

人虎大概認為這樣下去不妙，朝著我們衝了過來。但是奈奈美立刻有所反應。奈奈美射出的第二箭朝著人虎飛馳而去。這次雖然同樣被牠閃過，但顯然不如剛才那樣游刃有餘。而且第三箭已經射出，那並非剛才那樣單純的箭矢。

「衝擊箭」。

那是剛開始用弓就能使用的招式，而且頗有特色。

衝擊箭並非靠著箭矢刺中敵人造成傷害，而是以其速度和衝擊力造成傷害的招式。打個比方，就類似用刺劍刺擊或扔出鐵鎚以鐵鎚攻擊之間的差異。

「該不會其實我派不上用場？」

那衝擊強大得足以震飛人虎，意圖靠近的人虎被打飛回初始位置附近。

前兩箭不是衝擊箭，而是單純的箭矢，第三箭才使用技能。前兩箭顯然是為了觀察，最後一箭才真正瞄準。

「您在說什麼呢？當然有必要。需要您哈哈大笑說：『哼，就這麼簡單啊，根本不需要我親自動手。』」

「那比較像最後會輸掉的反派耶。況且單論這次的戰鬥，我真的派不上用場吧？」

雖然我為了隨時都能反應而將魔力注入披肩，但看來沒這必要。

「若主人想要，我也可以為您營造活躍的機會。」

「因為平常就習慣和克拉利絲小姐對打，我不覺得我會輸，但有點想小試身手。」

如果情況許可，我想盡可能與各種敵人累積實戰經驗。在遊戲中，只要追求最高效率進行戰鬥，但在現實中可無法依樣畫葫蘆。人和怪物都有獨特的習性，若無法理解就難以勝利。經驗與效率之間的拿捏，在日後規劃上將是非常重要的一環吧。

見過學姊和克拉利絲小姐的戰鬥，讓我由衷這麼認為。

人虎大概以為下一箭馬上就會殺來吧，牠朝著我衝了過來。我上前一步，為了應付人虎的攻擊而用披肩雙臂擺出拳擊手姿勢。同時手按刀柄，將魔力注入刀鞘以便隨時都能拔刀。

人虎逼近的同時高舉起右臂。魔力隨之開始往右臂集中，使右臂巨大化。

人虎目露凶光，張嘴對我露出尖牙，朝著我揮下那條手臂。

衝擊不如預料中強烈。

「看來學姊和克拉利絲小姐的力氣真的很誇張啊。」

人虎的攻擊力還在披肩能夠承受的範圍內。

不過魔探遊戲中，上位的人虎巨大化能力範圍不僅限於手臂，而是全身。被那種怪物以渾身之力撲來，能不能擋住還很難說。不過眼前這傢伙只是最弱的人虎，還在能輕易獵殺的範圍，也許反而算是不錯的訓練。

攻擊被彈開後，人虎立刻往側邊跳開，再次撲向我。同一時間，我站在奈奈美與人虎之間的直線上。

看準了再度巨大化的手臂，我展開披肩架開那攻擊。力道被導向一旁，人虎的架式瓦解時，我解放累積在刀鞘中的魔力。腹部暴露在我眼前，幾乎就要跌跤的身軀正是絕佳的目標。

刀光一閃。手感確實傳來。上半身與下半身緩緩錯開後，人虎化作魔素消失。

「真不愧是主人，簡稱不愧吾主。」

「有必要省略嗎……？」

我回收掉落的魔石，掃視四周。比人虎現身的位置更遠的地方，我看見一個魔法陣。看上去應該是轉移魔法陣。

「好像也沒其他東西了，繼續前進吧。」

「說的也是。」

我和奈奈美先是環顧四周確認狀況，之後才進入那個魔法陣。

轉移魔法陣的目的地和剛才同樣是個石造的洞窟。明明沒有光源，通道卻相當明亮，看得見前方。大概是牆壁微微散發著光亮吧。

「主人，有寶箱。」

我看向奈奈美指示的場所，寶箱確實存在於那裡。擺放在該處的銀色箱子上有著樹枝製成般的裝飾。

「我想這應該只是明知故問，您有何打算？」

這還用問，寶箱都擺在眼前了。

「當然要打開啊。」

這是當然的。若問我為何深入這座迷宮，當然就是為了取回寶物。

取走寶箱之後，接下來該怎麼辦才好？總之先朝著之前刻意避開的「暗影遺跡」前進吧。

哎，也只能挑戰看看了。那裡有著為了攻略月詠迷宮不可或缺的重要道具，就算要下跪也非得取回不可。

「主人，請問怎麼了嗎？」

「啊，沒事。沒什麼。」

奈奈美用一臉不可思議的表情看著我，同時繼續向前走。我因為視線正好朝下，便注意到。

在奈奈美的腳踩中的位置，浮現了一層淡淡的紅白色光芒。

「奈奈美！」

這時我正好走在她的不遠處，真的很幸運。我立刻一把抓住奈奈美的手臂，把她摟到我身邊，但是無法逃離已經發動的魔法。低頭一看，奈奈美踩中的魔法陣已經擴展到我的腳底。

隨後我們的身體被光芒包圍。

——奈奈美視角——

與主人初次邂逅時，我真搞不懂究竟發生了什麼事。

照理來說，我和一般人類絕對不可能訂立契約。應該是某種Bug吧，或者是超乎常理的魔力造成的影響？既然擁有那樣龐大的魔力，就可能性來說並不是零。但是對這種問題追根究柢也不是辦法。

無論原因為何，現實不會改變，首先還是得有所行動。

在知識轉錄之後，女僕騎士應該確認的事項是迷宮與迷宮之主的狀態。

對迷宮之主而言，一部分的女僕騎士與下級怪物等完全只是消耗品。有如機械般平淡地完成應當完成的工作，用壞了就拋棄，沒有主人格外重視的人權之類的概念。

是的。一般來說，我們並沒有人權。

因為我只有轉錄而來的知識，無法判斷現在是否也如此，但是我這個系列機種應當擁有放眼業界最高等的價格與品質，因此似乎相對受到珍惜，不過那也只是相對而言。

一旦持有者無法理解那份「價值」，自然也無所謂珍惜。道理就和藝術一樣。若能從「形狀歪曲的碗」發掘其價值，自然就會珍惜，如果無法理解其價值，那就只會被當成怪異而不方便的日用品，最終淪為垃圾。

我最重要的價值就在於身為迷宮女僕，最大的賣點是陪伴經營迷宮的迷宮之主一同經營迷宮，或是維持迷宮運作等等。

但是我無法向主人告知這件事。不，其實我可以說出口，但是我不知道這會對我造成何種影響。然而，我在訂契約時已經登錄了主人的魔力，也立下對主人絕對服從的契約。

我在告知主人我無法詳細說明自身來歷時，雖然鬆了一口氣，同時也擔心這個主人是否真的沒問題。

理解了當下狀況後，女僕騎士該做的就是多加了解契約者。

我首先決定要了解主人的容忍範圍。因此我對主人做出我能力範圍內失禮的耍寶、肢體接觸，或是故意做出失禮的言行等等。

我藉此明白了，除非我做出非常過分的行徑，否則主人恐怕不會動怒。除此之外，個性雖然好色，但並不積極。坦白說，這段交流相當愉快。我的知識告訴我，對彼此肆無忌憚地瞎扯淡能建立最佳的信賴關係。

雖然相遇之後還沒過多久，但主人顯得已經十分信任我。儘管他並非迷宮之主，我還是認為我或許遇見了一位好主人。

那麼，主人對我的要求似乎是陪他一同進迷宮探險。雖然和一般女僕騎士的用途不同，但我確實能發揮近似的功效，畢竟我原本就是管理迷宮的女僕，知識相當豐富。

我想著：就這麼成為迷宮中的指引者，藉此服侍主人吧。

在我們前去那座各方面都不正常的月詠魔法學園時也相同。實力堅強的式部會員尼特卿對我轟出魔力時，主人站到我面前挺身保護我，保護我這個理應只是消耗品的女僕。照理來說，應該是我要擋到主人前面才對。

如果我無論如何都離不開迷宮，那麼我希望能跟隨這位主人，希望與他一同歡笑，希望成為他的助力。

但是，我剛才到底做了什麼？

我是管理迷宮的女僕，註定生於迷宮也死於迷宮的女僕。然而，我為何在寶箱前方放鬆戒心了？為何我沒有全力推開試圖救我的主人？

我們竟然轉移到隱藏房間，這是所有預料中最糟的結果。

隱藏房間是特殊地點，很可能配置全迷宮最強的怪物。配置在那裡的怪物有可能超乎我們的應付能力，而且在隱藏房間中，逃脫道具基本上無法生效。

為什麼我會在想要服侍這位主人的瞬間，犯下這種致命的失誤？

根本沒有心情多開玩笑。

也許主人會對我萌生負面的感情，也許主人會因此喪命。一想像這些可能性，就讓胸口為之緊繃。

無論如何，我必須先為自己的失態鄭重道歉。

「真的非常對不起。」

若問我們的運氣是好還是壞，至少避免了最糟的事態吧。

轉移魔法發動後，我們被扔進陌生的房間，奈奈美二話不說就對我鄭重道歉。見到她似乎就要跪地磕頭，我立刻伸出第三隻手抓住她，阻止了她。

「我完全無法理解妳哪裡錯了。」

「我不只是輕率踩中了陷阱，還牽連了主人。」

什麼嘛，不過就這點事啊？我這麼對奈奈美表明。

「這種事完全不用在意。我也沒注意到陷阱，我們一樣吧？」

「可是，主人已經將查知陷阱的職責交給我……」

「確實是交給妳了，不過剛才我沒有特別拜託妳，也認為不可能百分之百零失誤。況且，妳以為我是被妳牽連的？」

我裝模作樣地聳肩。

「我不是被妳牽連，只是覺得妳竟然想一個人找樂子，我也想分一杯羹才跟著跳進來而已。」

「您的安慰雖然令我非常高興，但這說法太牽強了。」

不知為何，奈奈美的情緒顯得異常消沉。我不假思索就先搞笑，想表示這沒什麼大不了，但她看起來還是沒有恢復精神。

我取出了刻著脫離迷宮的魔法陣的魔石，注入魔力但沒有反應。這代表了此處並非一般房間，想必是某種特殊的房間。既然這樣——

「毬乃小姐給的脫離迷宮用道具也沒有反應啊。總之我們先前進看看狀況吧？」

慌張是種有趣的反應，當眼前有個比自己更慌張的人，自己的心情反而會冷靜下來。剛才我其實也相當驚慌，但是看著奈奈美，讓我心中的驚慌漸漸平復，不知不覺間轉為一股必須有所作為的決意。

「比想像中安全啊。」

坦白說，對於迷宮本身，我並不怎麼擔心。

魔法★探險家當中，有數個迷宮在結束攻略之後，有極低機率會將玩家轉移到隱藏房間裡。

那可能是有特殊頭目鎮守的房間，或是藏有金銀財寶的房間，抑或是滿足紳士淑女的獎勵，也有可能額外多出一層迷宮。這部分每個迷宮都不同，同時也和玩家的運氣息息相關，在RTA中被稱作重設點。

我們這次遇到的隱藏房間，應該是會出現隱藏頭目的那一類吧。如果是有財寶和轉移魔法陣的房間當然是再好不過，但很遺憾，沒有看到這類東西。

唯一令我擔憂的是，在我的記憶中這個迷宮應該沒有隱藏房間，因此會出現何種頭目，我無從預判。

但是就魔探的關卡設計傾向來看，我認為應該會出現強度提升一或兩階的頭目怪。哎，也許免不了苦戰一場，但應該還是能勉強擊倒。或許我的看法太樂觀，但是考慮到最糟的狀況而意志消沉的她就在身旁，我還是盡可能正面思考，維持開朗的氣氛會比較好吧。照理說，我們的立場應該會顛倒才對。話說回來——

「我說啊，難道奈奈美得了一定要責備自己的病嗎？」

「並不是您說的這樣……」

奈奈美罕見地視線不轉向我，依然垂頭喪氣。雖然她時常講些誇張搞笑的話，但本性非常認真負責，我記得剛訂契約的時候也個性古板。

「既然這樣，就不要再責怪自己了。我也沒有注意到嘛，如果奈奈美不在場，我同樣一定會踩中啊。」

「也許是這樣沒錯。」

「那為什麼要這樣逼迫自己？」

我這麼說，奈奈美的身子一瞬間顫抖。

「這個問題真的非得回答不可？」

「沒這回事，如果妳不想回答，不講也沒關係……」

「主人！問題就在這裡，問題就在這裡啊！」

奈奈美使勁搖搖頭，對我謝罪：「很抱歉，一時失態了。」

「身為迷宮女僕的女僕騎士會得到轉錄而來的知識，因此我其實知道。我是可以取代的道具。」

「……我記得妳說過類似的話。」

「我心裡充滿了罪惡感。其實可以告訴您的事項，卻因為我個人的因素，無法傳達給您，也許會讓您深感失望。您可能認為我是個時常犯錯又沒用的女僕，所以我希望能助您一臂之力，卻常受到您的幫助……而且傳送陷阱的目的地居然是隱藏房間……」

聽她的解釋，她會如此沮喪似乎有許許多多的原因。

「這怎麼可能。失望？妳在講什麼，這種念頭我就連一絲一毫都沒有。況且我自己也時常犯錯。」

「……主人。」

沒錯，我怎麼可能因此失望。

「奈奈美，我希望妳能明白。」

語畢，我閉上眼睛，琉迪她們的身影浮現腦海。

「我啊……我想成為最強。」

那是個遠大到不知是否能觸及的目標。

「其實就在不久前，琉迪一度陷入攸關生死的嚴重危機。」

「……有這回事？」

「就是有啊。我牽連了學園的學姊，滿腦子只想著要救她。」

現在還活著簡直是奇蹟，無論是我或琉迪都一樣。

「就是那件事讓我想變強……強到能保護琉迪、學姊、姊姊、毬乃小姐、克拉利絲小姐……強得足以保護大家。所以我想成為最強。」

要強到足以引領魔法★探險家的女角們走到好結局。

「這種思考也許太過單純，但是我很中意這樣的自己。哎，這不重要就是了。」

沒錯，這不重要。我真正想告訴她的是──

「然後啊，在我想保護的這些人之中，奈奈美也包含在內。」

我原本就喜歡琉迪，也喜歡學姊。接觸魔法★探險家這款遊戲，讓我知道了她們的苦惱，對她們伸出援手並一同前去冒險，讓我喜歡上她們。

當魔法★探險家不再是遊戲，成為我置身的現實世界後，我對她們的好感更加強烈了。

在遊戲中無法想像。我見到了琉迪面對超油膩的味噌拉麵而雙眼發亮的模樣，也見過她癱軟在沙發上索求我的魔力的模樣。

比起可能會被指定為世界遺跡的美麗景色，學姊鍛鍊中的模樣更令我目不轉睛。在修行結束後與好像開關關閉的學姊享受無關緊要的閒話家常，令我由衷歡喜。

因為和喜歡的人們共享這份快樂，讓我更喜歡她們了。

而且這不僅止於遊戲中的主要角色。毬乃小姐在遊戲中鮮少現身，姊姊除了傳授特殊的魔法給伊織，也幾乎等同空氣。

不過，我喜歡毬乃小姐，也喜歡姊姊。

雖然開起玩笑有時讓人吃不消，但毬乃小姐總是真心為我擔憂。姊姊話少，其實溫柔又關懷弟弟，而且不知為何有時會不知不覺溜進我的被窩。

卡托麗娜和橘子頭，還有伊織也不例外，實際上聊過之後都很愉快，我真的喜歡每個人。

如果他們陷入危機，我想伸出援手。

奈奈美當然也不例外。

也許目前交情還不深，也許邂逅後經過的時日尚淺，但我已經很中意奈奈美了。

「起初我也覺得這女的情緒起伏是不是哪裡怪怪的，不過啊，在家裡和迷宮閒聊說笑，一邊冒險一邊聊天，我真的很開心。」

沒錯，真的很開心。

「雖然我不知道奈奈美怎麼想，現在我非常喜歡那種傻氣的對話。也許奈奈美不喜歡就是了，也許只是迫於契約才不得不陪我瞎扯淡。」

「這…………我不覺得反感。我只是認為我們女僕騎士都會在迷宮奉獻，最終死在迷宮，就只是這樣的存在罷了。」

說完，她再度垂下頭。

我突然想到，她是不是被迷宮束縛了？是不是無意識間把自己和迷宮連結在一起了？但是她真的受迷宮所束縛嗎？

有人說，所謂的常識就是人在十八歲前累積的偏見大全集。奈奈美是不是單純把偏見當成常識了？我不禁懷疑她是不是太過拘泥迷宮女僕這個身分。

「奈奈美，我希望妳用Ｙｅｓ或Ｎｏ來回答。妳一定要待在迷宮裡面？」

「並非如此。」

「也有女僕在迷宮外頭生活嗎？」

「……我想應該有。」

這樣啊。那我就老實說出我的想法吧。

「我啊，一直在想某件事。所謂的人生，雖然有其規則，但其實很多事情想做就能辦到。」

我輕吐一口氣，繼續說：

「能去喜歡的地方，玩喜歡的遊戲，吃喜歡的東西……而且我更進一步覺得，去找到這些事並且實踐，就是所謂的人生。其實做什麼都沒關係喔，然後去尋找如何才能過得更加豐富、更加愉快。」

我再度深呼吸，接著說：

「也許這個比喻不太好，不過一個硬幣就能買到的礦泉水讓美少女先喝一口，然後用百倍的價格賣給別人，這樣應該很好賺吧？可以輕鬆賺大錢喔。」

「……這個比喻真的不太好。」

「我也這麼覺得……哎，這就先不管。不過感覺銷路會很棒吧？應該很好賺吧？」

「這個嘛，撇開道德不談的話。」

「所以問題就在做法啦。一個人拿不動的行李可以叫大家幫忙，或是利用機械、魔法。出現強敵的時候也沒必要堂堂正正交手，大家一起從遠處扔道具，打得對方無法還手也可以。」

簡單說——

「只是自己被莫名的想法束縛而已，這世界其實很自由。如果妳覺得和我在一起讓妳痛苦或束縛了妳，那妳可以撕毀契約。然後——」

沒錯，然後——

「自由過活吧。」

奈奈美倏地抬起臉。

「我剛才說過想成為最強的理由吧？因為我想保護大家……對，就是因為希望大家能露出笑容，不管是琉迪、學姊、姊姊、毬乃小姐和克拉利絲小姐都一樣。」

無論是莫妮卡會長、絲蒂法聖女還是紫苑學姊，貝尼特卿、橘子頭和伊織雖然不是女角，但也不例外，我希望大家都能開開心心。到頭來就是這麼簡單。

「同時，我希望奈奈美也能笑著。我希望妳能開開心心的。」

沒錯，就這麼單純。

「現在回想起來，我一直把奈奈美會待在我身邊視作理所當然了，不過那只是我自私的想法。」

沒錯，想待在一起是種自私。我只是尊重了奈奈美的薪資和休假等權利，其他幾乎都是我強加於她的。

「我們之間有天使的契約吧？如果那會束縛妳，使妳不幸，那妳現在就撕毀這份契約吧。如果妳覺得待在這裡難受，我不要什麼契約，希望妳單純自由生活。」

對，希望妳能幸福。

「要在別的地方和別人生活也可以，要一個人生活當然也很好，要繼續當女僕的話，為我之外的人工作也可以，我支援到妳能自立。雖然就我個人而言……拿不出太多薪水，但還是希望妳能待在我身邊啦。」

因為相處起來很開心，所以希望她待在身邊。這是我發自內心的願望。

「這個嘛，和奈奈美相處的時間對我很重要……而且在迷宮也很可靠……為了成為最強，我想借用奈奈美的力量，呃，但是我不想強迫妳……」

「呵呵、呵呵呵呵呵！」

我思索著該如何表達想法而自問自答時，聽見了奈奈美的笑聲。她舉手掩口，真的覺得很好笑似的笑著，剛才憂傷的表情已經不知去向。

「主人是笨蛋嗎？」

「……我想應該不至於吧。」

「我明白了主人身上非常嚴重的缺點。」

「缺點？」

「是的，那是主人之所以強悍的理由，也是莫大的缺點。」

說完，她眼角下垂，溫柔地微笑。奈奈美絕不是從來不笑，但是以往她曾這樣笑過嗎？像是一面笑著一面責備惡作劇的小動物，實際上不怎麼生氣，只是覺得傻眼，彷彿溫柔守候並包容對方，那樣洋溢著慈愛的笑容。

原來……奈奈美也會露出這種表情嗎？

「那實在是個無從填補的缺陷，簡直是個大坑。到底該怎麼做才能在自己身上開出這麼大的破洞呢？」

「……我身上有這種破洞嗎？」

「真的有啊，而且大得嚇人。這個破洞大得可能讓主人必須放棄夢想，不過請儘管交給我。」

奈奈美在我面前行了屈膝禮。

「就由我來堵住那個缺口吧，由我來扶持您吧……對了，剛才您好像提到要我撕毀契約？」

她看著我的臉，面帶笑容搖頭說：

「我絕對不會這麼做。」

絕對……

「是的，絕對不會，不管您要怎麼說，我都不會撕毀這份契約。您知道嗎？只要裝備了奈奈美就再也拆不掉了。就算主人想拆，我也不會讓您拆掉。」

聽她這麼說，不知怎地讓我很開心。我不由得笑了起來。

「我怎麼都沒聽說。而且妳說拆不下來，根本是被詛咒的裝備吧。」

「您在說什麼啊？我可是天使喔，當然是受到祝福的裝備吧。」

「有道理……！」

「哼哼！」

看著奈奈美臉上洋洋得意的笑容，我不禁笑了起來。而奈奈美也忍不住笑出聲。

「是頭目房呢。」

「是頭目房啊。」

我們邁開步伐後還沒走多遠。大概整個樓層的面積也沒有多大，我們馬上就來到頭目房間前方。

「主人，我有個想法。」

「怎樣？」

「出現在這裡的頭目想必很強吧。為了與之對抗，力量與意志將會非常重要。」

嗯，這是事實吧。這句話沒有任何地方說錯。

「我認為在戰前提升我的鬥志應當非常重要。」

「哎，如果能，我也想照做，不過要怎麼做？」

「很簡單，只要列舉我的必要性即可。」

「啥？」

「請您回憶，剛才您不是說過嗎？我愛死奈奈美了，如果奈奈美不待在我身旁，我真的會死掉。」

「難道妳竄改了自己的記憶？」

當然我不否認語意上近似於這個意思……不過剛才因為氣氛對了才能臉不紅氣不喘地說出口，在這時要說出口就有點害臊。

「主人不對奈奈美這樣講～～奈奈美就提不起勁～～」

「妳這聲音是從哪邊擠出來的？」

真拿她沒辦法。不過這樣就能讓她提起幹勁的話，那個，該怎麼說，剛才是因為氣氛對了，我才能那樣說出口。

「……我、我很信賴奈奈美，希望奈奈美一直待在我身邊。」

我好不容易說出口，奈奈美卻板起臉。

她板著臉說：哎呀，您還真的說了呢。

「主人……您知道嗎？這是只有型男帥哥才有資格講的台詞喔。」

「喂喂喂，剛才明明是妳要我講的吧？況且妳這樣說，不就好像是在暗指我不是型男嗎？」

「主人好像也不認為自己是型男吧？」

至於我是否自認為型男，實在是明知故問。

「哎，我的確沒這樣想過。」

「但是很不巧，目前在奈奈美眼中看起來是絕世美男子，所以沒問題。」

說完，奈奈美愉快地笑了笑。

「自稱美少女的傢伙不曉得在講什麼鬼話。」

「呵呵呵、呵呵呵呵呵呵。」

「哈哈哈、哈哈哈哈哈哈哈。」

不知為何，我不覺得會輸。

「我們上吧，奈奈美。要贏喔。」

「我們走吧，主人。」

依照慣例，迷宮的頭目自然會設置迷宮中最強的角色，不管是封閉了琉迪的「諸行無常之宅邸」，或者是初學者迷宮。雖然也有一部分迷宮並非如此。

比方說隱藏房間。若隱藏房間中有隱藏頭目，配置在那裡的十之八九會是強者。

出現在這裡的頭目也不例外，是一隻看上去就很強的怪物。

身高大概比成人男性稍微大一些，但是全身長滿了白毛且有黑色條紋，脖子上頂著一張虎臉。

「印象中剛才就見過一隻很像的耶……」

出現在前方的白毛人虎是人虎的上位種。臉部和身體的外觀看起來沒有太大變化，但是身體色彩與能力完全不同。

這隻白毛人虎瞪向我們之後，魔力自全身湧現，隨後身軀緩緩地開始變大。

「還真猛……」

原本近似於人類的身高，轉眼間就超過了三公尺。手臂和我的腰差不多粗，對我們施加的壓力遠遠超越了剛才的人虎。

我想這會是場面對強者的戰鬥。但是——

「標靶變大了呢。戰鬥可不是體格壯碩的人就鐵定獲勝。牠明白這個道理嗎？」

看著一如往常的奈奈美，我完全沒有正準備挑戰強者的感受。

「在室內好像會撞到天花板。」

「的確如此……話說晚餐時間快到了，請問您想吃什麼？今天推薦菜色是虎肉。」

我盯著白毛人虎的壯碩雙臂，頷首回答。

「口感應該滿硬的，不過看起來很美味。」

「火烤全虎，佐以主人與奈奈美。今天的主餐就這麼決定了。」

「這樣連我們也一起被料理了吧！」

「能和主人一起被料理，奈奈美了無遺憾。」

面對照常理判斷肯定會陷入苦戰的怪物，我們似乎能懷著平常心，甚至該說比平常更放鬆的狀態迎戰。

大概是聽見了我們之間無所謂的對話，白毛人虎朝我們走了過來。儘管身軀那樣龐大，卻聽不見腳步聲。也許只是長滿毛才無法分辨，其實腳掌長著肉球吧？

「奈奈美，要來了喔。」

我為了保護奈奈美而擋到她前方，她也拉滿了弓。

弦上箭矢射出的瞬間，戰鬥開始了。

白毛人虎立刻向後跳開，拔腿飛奔。和人虎相同，動作十分靈敏。不，該說比一般人虎更加敏捷。

在第二箭射出前，白毛人虎已經來到我面前。速度快到剛才的人虎簡直無法比擬，比一般人虎大上兩倍的巨大手臂以那般速度朝我揮落。

「這招還滿猛的啊。」

幸好我雙腳已經踩穩在地上並壓低重心。如果我沒有事先做好準備，也許我已經一屁股跌坐在地。

奈奈美的箭矢從我的側邊飛向白毛人虎，大概是看準了攻擊的破綻。但是白毛人虎已經跳開，往東方移動。

「哦～～真快真快。」

大概類似於將一般人虎的能力全部向上提升一階吧？

白毛人虎立刻再度撲向我。配合對方的攻擊，我用第三隻手毆向牠。

其力道大概與無情巨魔同等。

正因如此，還算游刃有餘。

在我救出琉迪至今這段期間，我可沒有遊手好閒。在那之後，我每天都不斷反覆修行，累積自身實力。

這種程度我不覺得我會輸，這裡也有我想保護的人。

伸手按住刀柄，將魔力注入刀鞘。於是場面立刻有了變化，白毛人虎向後跳開，顯然提高戒心注視著我。

「察覺危機的能力也是一流啊。」

不過我認為向後跳開並非好選擇。

奈奈美的箭矢朝著白毛人虎一直線飛去。

「讓人不禁覺得可憐呢，一靠近就會被主人砍，遠離就會被我射。因為牠寧願吃我的箭矢，是我贏了喔，主人。」

完全搞不懂這到底是什麼勝負，不過就別管了吧。既然她看起來那麼愉快，那我何不奉陪？

「妳能囂張也只有現在喔。」

我當然也不打算只是袖手旁觀。我朝著閃避箭矢的白毛人虎奔馳，在白毛人虎落地的同時，用第三隻手砸向牠。因為攻擊動作單調，被對方以雙臂防禦擋下，不過至此都還在預定之中。在這剎那間，我解放積存於刀鞘的魔力，順勢拔刀。

刀光一閃，但是刀刃只有淺淺劃過對方身軀。白毛人虎大概非常提防我的拔刀術，牠立刻就向後跳開了。不過牠的身體出現一條線，血液漸漸滲出。白毛人虎可能認為自己勉強躲過危機了，但攻擊並未就此結束。

奈奈美的箭雨緊接而至，朝白毛人虎灑落。箭矢一根接一根刺中白毛人虎的身軀。白毛人虎再度向後跳開閃避。俐落著地的同時，牠瞪著我，使全身的魔力活性化。

「能這樣結束就好了。」

這樣一來就輕鬆多了，不過很可惜，人虎的上位種不會因為吃了這點攻擊就斃命。仔細一看，牠的身體變得更龐大，而且形體顯然更加接近老虎了。

完全獸化。

那是人虎或人狼等怪物的上位種持有的能力，將身體中的人類部位全部變化為野獸型態的能力。

這樣行動會更加傾向本能，但所有能力都會向上提升。是一種非常棘手的技能。

「唔！看來我也得使出變身能力才行……！」

「妳沒有吧。」

奈奈美隨口胡說並繼續射箭。如果這是電視動畫，想必會被觀眾批評吧。竟然趁著變身過程全力攻擊，簡直太詐了。

不過因為這是現實，這種機會也不能白白放過。我注意到奈奈美依舊不斷攻擊，也讓自己體內的魔力活性化，衝上前去。

但是白毛人虎的變化完全沒有停止，以雙手與雙腳立於地上。魔力不斷膨脹，風環繞著牠的全身，龐大身軀站在我眼前。

「吼喔～～～～～～……………」

魄力非同小可。

一般的箭矢攻擊似乎不太起作用，大概是因為環繞身旁的風，加上伸長的獸毛與肌肉阻擋。

剛才刺在身上的箭矢被身體排出，掉在地上。奈奈美見狀，似乎開始改以技能「爆炸箭」攻擊。

那枝散發紅光的箭矢直接命中毫無閃避意圖的白毛人虎，當場引爆。

爆炸箭是衝擊箭的上位技能，是種讓箭矢在命中處爆炸的弓技。不過現在的奈奈美才剛學會，訓練仍不足，因此魔力效率不佳，很快就會使魔力枯竭。如果戰鬥很快就結束，和我那多到用不完的魔力與魔力贈予的組合非常有效，但是很不巧，那傢伙大概不會隨隨便便就倒下。

不過，看來從一般箭矢換成爆炸箭發揮了效果。白毛人虎的身體一瞬間失去平衡般搖晃。

硬毛和肌肉也許能彈開尖銳的箭頭，但無法抵銷爆炸的衝擊力。白毛人虎板起臉。看來應該算是有效，但是造成的傷害究竟有多大？

在煙塵完全散去之前，這次由我對白毛人虎發動攻擊。用第三和第四隻手交互對牠攻擊，緊接著等候時機，在我為了拔刀而意圖使魔力爆發的瞬間，白毛人虎再度向後大幅跳開。

「吼喔～～～～～～～～～～……」

看來察覺危機的能力依舊不變。我聽著低吼般的聲音，看著變身完成的白毛人虎，更加強了注入披肩的魔力。

第二型態要來了。

白毛人虎張大嘴的同時，環繞牠身旁的風化作利刃飛向我們。我立刻在奈奈美與我自己前方展開披肩，防禦那些風之刃。

但是攻擊並未就此結束，追擊已經逼近。

手臂在我眼前猛然揮下。剎那間我回憶起與巨魔的戰鬥，打消正面抵擋的念頭。將意識集中於引導力道偏轉，展開了披肩。

這應該是正確選擇吧。明明已經使力道偏轉，我還是感受到壓倒性的壓力，那攻擊力甚至打凹了石地板，而且追擊馬上就殺來了。

「喂喂喂，連續攻擊也太卑鄙了………」

這回牠猛然張嘴，淌落的唾液隨著旋風一同飛散，強烈的野獸臭味充斥四周。不過我無法刻意閃避，光是專心維持防禦就耗盡心力了。

「主人！」

「我沒事！」

話雖如此，劣勢依舊是事實。

不知何時，牠身旁的風之刃再度衝向我。右手、左手再加上強勁的虎口接連不斷撲向我。

雖然我試圖抓住空隙拔刀，卻被牠輕易閃躲。我猜想，牠大概對魔力的流動變得更加敏感了。

不過我從牠的動作理解到一點——就連白毛人虎也認為拔刀術是必須閃躲的危險攻擊。

「奈奈美！」

「主人，請交給我！」

我對奈奈美使了個眼神，她立刻點頭放箭。

是為什麼呢？我並未開口仔細說明，但是我沒來由地認為我的意圖確實傳達給奈奈美了，而且她正為了我的目的展開攻擊。我有這種感覺。

大概是判斷與我戰鬥有危險，白毛人虎朝側面飛身一躍，想衝向奈奈美。然而——

「只有這件事，別想得逞。」

當然我絕對不會讓牠順心如意，看準了對我露出的側腹拔刀。白毛人虎向後退，我揮出第三與第四隻手毆打，趁隙出刀斬擊。

對於非拔刀術的單純斬擊，白毛人虎似乎也不怎麼提防。傷害效果大概不高吧。

也因此牠不理會我，朝著奈奈美就要衝出去。

「奈奈美！」

只要警告她就很夠了。因為奈奈美似乎盡可能將位置維持在我的後方，不需要太劇烈的移動。

我沒有大幅移動，但我再度成功擋到奈奈美前方，白毛人虎張大了虎口咬向我。

看著那直逼而來的白牙與飛濺的唾液，我有種不可思議的感覺。

白毛人虎的攻擊在我眼中就好像慢動作。沿著尖牙滑落的唾液變成一條線，我清楚看見那惡臭又骯髒的水珠朝我飛來，也清楚理解到尖牙正朝我的腹部而來。

這時，我突然回憶起我和巨魔的戰鬥。

救援琉迪那時也一樣。在戰鬥中發生的這種現象究竟是什麼？和學姊與克拉利絲小姐模擬戰時絕不會發生，唯獨與強敵搏命時才會發生的這種現象。

是技能「絕處逢生」嗎？我記得瀧音確實能學到。

不過這樣也說不通。「絕處逢生」必須要我自身受到傷害才會發動。既然這樣，這到底是什麼能力？發動條件又是什麼？該不會是其他人遭遇危機時才會觸發的技能？我沒聽說過有這種東西。

不過，倘若真的存在，那是多麼美妙的技能啊。為了真心喜歡到無論如何都想守護的人們才能發揮的力量，未免太棒了。

白毛人虎的攻擊已經不再讓我膽怯。我把第三隻手往那張嘴塞過去，全力毆打牠的側臉。

白毛人虎意圖退開的瞬間，奈奈美的箭矢命中牠的腹部。

轟然巨響。身軀因為爆炸箭而僵硬。如果順勢被炸飛也許還沒事，但是白毛人虎支撐在原地。強化過的身軀沒有因此被炸飛，只是在我身旁展現出毫無防備的模樣。

而我一直在等候這個時機。

拔刀術——瞬——

凝聚於刀鞘內的魔力瞬間爆發，從中拔出的刀刃化作閃光。

閃光轉瞬間奔馳而過。

當我收刀入鞘，白毛人虎的身軀上下錯開。我轉身背對牠，面向朝著我飛奔而來的奈奈美，邁開步伐。我接下整個人朝我撲過來的奈奈美，抱著她在原地連續旋轉了好幾圈以減輕衝擊力。轉到自然停止後，奈奈美雙腳踩回地上，擺出平常的表情看向我。

「哎，有主人和我一起上，輕鬆俐落。」

她理所當然般如此說道。

擊破頭目，見到了最終抵達之處，不好的預感揮之不去。

仔細一想，這也是當然的結果吧。

因為這裡是成人遊戲的世界，而且還是魔法★探險家的世界。

回想一下，之前頭目戰結束後出現了什麼？思考看看，我們這些紳士淑女所求何物？簡直是明知故問。

真不知該高興還是扼腕，我們前進之後抵達的場所設置了和先前某迷宮出現過的工爐十分相似的物體。寫作工爐，但讀作情色爐。

而且工爐前方有個形似轉移魔法陣的裝置，看起來尚未注入魔力，這也是不好的預感其中一個因素。

我不理會其他東西，筆直走向形似轉移魔法陣的裝置。但不管我觸碰或送出魔力，魔法陣都沒有任何反應。

這是什麼啊？我記得好像破解過類似的機關？既視感充滿腦海。這未免太蠢了吧？

「主人，這裡有個寶箱。」

啊啊，不好的預感已經轉為確信。魔探世界、工爐、寶箱，堪稱三倍役滿，但是我無能為力。我來到奈奈美身邊，將手伸向寶箱。

「混帳，不想開……不想開……我真的不想打開啊，奈奈美〜〜」

奈奈美看了我的反應，露出不可思議的表情。這也許是人之常情。照理來說，寶箱只要沒有陷阱就該開心，況且頭目戰之後的寶箱大多是獎勵品。

這麼說來，這也算是一種獎勵吧？對成人遊戲玩家而言才是。混帳東西！

啊啊，不想開，但不得不開。由於轉移魔法陣不起作用，我們沒辦法繼續前進。

「要、要開了喔。」

我深呼吸後緩緩掀起寶箱的蓋子。糟糕，緊張到手都開始抖了。冷靜下來，保持鎮定慢慢掀開箱子……

打開之後，首先映入眼簾的是細長的黑色物體。

嗯，這是不管在奇幻作品或現實世界、成人遊戲中都很常見的道具。在奇幻作品中主要用途是攻擊敵人吧，在現實世界或成人遊戲也一樣。不過在奇幻作品中，主要是用在怪物身上，而現實世界與成人遊戲主要是對人使用。等等，在現實世界也會用在馬身上吧。我輕輕蓋上寶箱。

「為什麼裡面會裝著鞭子啊…………！」

如果這只是單純的寶箱，那還能理解。「哦，裝在寶箱裡的是武器用途的鞭子啊」——就這麼單純。但是，工爐就近在身邊。

簡直莫名其妙。鞭子耶，鞭子啊。鞭子是什麼？人家不曉得耶～～（逃避現實）。

奈奈美掀開寶箱，從中取出了數種不同的鞭子後，將放在底下的紙片拿到手中。

她取出的紙片上寫的文字是古代語。奈奈美當然看得懂吧。

不過，不知為何她越往下讀，臉上表情就越是凝重。究竟是為什麼呀？好吧，其實我也猜得到原因。

最後她突然把紙片甩向一旁，慌慌張張地把手使勁伸進箱子裡。她從中取出了黑色體操服與惡魔般的翅膀。設計靈感大概來自於媚魔吧。

嗯。光是這樣我就大致明白了。

「主人。」

奈奈美顫抖的說話聲傳來。

「主人的種族是人類，琉迪小姐的種族是妖精吧？那麼您知道我的種族為何嗎？」

「天、天使吧？」

「再正確不過了，主人。那麼請問這是什麼？」

「還滿香豔刺激的……惡魔服吧？」

「這也非常正確，真不愧是我的主人。然後啊，如果寫在那張紙上的事項一切屬實，似乎必須穿上這件衣服才行。」

我想也是。我不知道紙上到底寫了什麼，但是工爐前方擺著寶箱，裡頭裝著色的服裝，這想必是當然的結果。

「該不會這對天使來說有危險？」

「不，只是穿上服裝不會造成問題，但是外觀還是會墮天啊，您能理解嗎？這究竟是怎麼回事？請告訴我這不是真的。」

「很遺憾，這應該是現實。順便問一下，其他還寫了什麼？」

「這個機關的構造似乎要人穿上這套服裝，以鞭子抽打目標物，如此一來，爐就會將魔力送進轉移魔法陣。」

「是、是喔。」

構思這套系統的人真是妄想力的怪物。穿上挑逗的惡魔裝扮，用鞭子抽打目標藉此凝聚特殊魔力，這已經超出常人的思考範疇。是笨蛋嗎？

環顧四周，確實有兩座雕像並排而立。我注意到雕像下方有兩個魔法陣，大概是要站在那裡揮鞭吧。

話說回來，換上服裝後揮鞭就能累積魔力啊。

若是一般成人遊戲的世界，應該就到此為止了。但是這次的機關真的這樣就能了事？畢竟魔法★探險家總是不會安於一般水準，常常搬出更上一層樓的誇張設定。我實在不認為事情會就這樣結束。

「主人，大事不妙！」

在寶箱中東翻西找的奈奈美面朝向我喊道。看吧，我就知道還沒完。

不過，為什麼妳看起來有點高興啊？

「寶箱底下還有一套男用服裝！」

騙人騙人騙人騙人騙人騙人。

等一下等一下先等一下，腦袋絕對有問題。

追根究柢，追本溯源！成人遊戲與美少女遊戲的玩家追求的是什麼？

那就是美少女。美少女的可愛場景或帥氣場面，再加上色色的橋段。明明都在玩成人遊戲，嘴上卻說著「根本不需要床戲」的傢伙們，其中肯定有好幾成心裡還是偷偷認為有床戲比較好！這群悶騷的傢伙！因為我以前也是同類啦，若問有或沒有哪個比較好，當然還是希望有嘛！這不是明知故問嗎！蠢貨！

沒錯，大多數成人遊戲玩家都如此渴求，那麼開發廠商自然也必須對此傾注心力。

但是，不管怎麼想，讓男人角色扮演絕不是玩家渴求的啊啊啊啊啊啊啊！

「哎呀，我原本以為只要我獻身就夠了，真是令我萬分遺憾。這樣一來，主人也非穿不可了吧……♪」

我接過奈奈美手中的服裝。確實是男用的。

「先等等，穿上這個是要我怎樣！」

我這麼一問，奈奈美便將鞭子遞給我。可惡！其實我早就猜到了啦～～～！

「這根本腦袋有病吧？為什麼穿上這種東西用鞭子抽打，轉移魔法陣的魔力就會增加啊？」

記得在開發者訪談中好像回答過：「有個非常有趣的設定，但那大概不是玩家想要的東西，所以最後沒採用。」該不會就是這個吧？這當然不會被採用啊！換我來當製作人也會馬上扔進垃圾桶，到底誰需要這種場面啦！

不幸中的大幸在於服裝暴露度低於奈奈美。哎，不過我的感想是：「那又怎樣？」

「可惡！」

我咒罵的同時把衣物甩向地面，拿起鞭子。

「這個該不會壞了吧？」

我站在魔法陣上，對準目標猛揮騎手用的馬鞭，但是什麼事也沒發生。

我懂，其實我都懂。這玩意兒正常運作中，只是這個世界的設定本身就瘋了啦！

「混帳東西～～～～～～～～」

既然這樣，乾脆叫奈奈美一個人做就好了吧？不，這種事我辦不到。明明我也能參與，不能只讓她一個人犧牲色相。

一想到這裡，就只剩下我也換衣服這條路。

「奈奈美……墮天了★」

「妳剛才明明還抱怨連連，但其實沒受到多少打擊吧？」

我的裝備暴露度不如奈奈美，但外觀好像正值中二病時期，讓我不禁覺得哀傷。

「唉，您到底是看到了什麼才會這樣說？我明明就這麼憂傷啊。」

她一臉無所謂地忽視了我那句話後，輕吐一口氣。隨後她盯著我的雙眼，微微彎下身，指尖捏著自腰間朝兩側伸展的翅膀，行了一個屈膝禮，或者是用雙臂強調胸部、轉身對我秀出背部等等，開始擺出各式各樣的姿勢。

「墮天使奈奈美……誕生。」

「妳擺明就興致勃勃嘛！幹嘛擺出寫真女星的姿勢啦。」

還有大方秀出腋下的姿勢，以及坐著穿上絲襪的姿勢，這些都正中我的好球帶，拜託妳試一次看看。

「好了，主人也快點過來這邊。」

「咦？我也要喔？」

「手臂擺這邊……像是扶著我，腳再張開一點，往右邊一些。最後移動到這邊，在這裡擺出勝利的招牌動作。」

「真的要喔……」

「我的情緒會有所改變，說不定會選擇罷工（Strike）。罷工喔，罷工，我指的可不是內褲上常見的條紋（Stripe）。好了，要開始了。」

「看來妳也不是興致勃勃，而是自暴自棄吧？講起話來亂七八糟喔。」

「墮天使奈奈美……誕生★」

「誕生★……不由得陪妳一起玩下去了。話說吐槽點也太多了吧？」

「呵呵呵，我穿起來適合只是理所當然，不過主人您穿起來也很合身喔。」

妳為什麼一副高高在上的態度？真是莫名其妙。

「……謝謝誇獎喔。不過感覺涼涼的，怪不舒服的。」

「這套裝備的防禦力應該相當高。」

「就算防禦力高，這副模樣…………」

看來防禦力似乎還不差。不過因為外觀上的問題，不方便平常使用吧。

「那我們就早早脫離這地方吧。」

「確實如此。那麼主人，鞭子有三種，請問您要哪一種？」

「真沒想到會在這種地方煩惱要用哪種鞭子。」

眼前有三種鞭子。

前端分散為數條細繩的散鞭、在ＲＰＧ或漫畫等也時常登場的單純長鞭、可傷害馬的厚實皮膚以造成痛覺的馬鞭。

「只是要鞭打物體的話，馬鞭感覺用起來比較順手。」

說完，我拿起馬鞭隨手空揮。

咻、咻、咻。

「唔！怎麼可能！太過分了！」

「拜託不要配合我空揮的動作發出怪聲好不好？」

「失禮了。那麼我就選這條長鞭吧。」

語畢，奈奈美拿起長鞭。她甩動長鞭抽打地面，發出響亮的啪咻聲。我差點忘了，她幾乎對所有武器都有適性，鞭子應該也能輕鬆上手吧。

「呵呵呵。」

「妳是在笑什麼啦？」

嘴角掛著一抹笑，身穿惡魔裝扮揮舞著長鞭的模樣，老實說真是有模有樣。

「那麼我們快點動手吧，主人。」

「知道啦，開始吧。」

我們站到指定的位置，奈奈美便將魔力注入地面上的魔法陣。於是奈奈美面前浮現了螢幕般的畫面。緊接著我腳底下的魔法陣也開始發光，眼前浮現一枚螢幕。

雖然我看不懂顯示在螢幕上的古代文字，但光看圖畫示意就能理解我該做些什麼。畫面下方畫了一條橫線，鞭子符號從畫面上方掉落與橫線重疊的瞬間，用這條鞭子抽打目標就對了。

音樂遊戲？

我看向奈奈美，她像是理解我的用意般立刻告訴我畫面上的文字內容。

「在橫線與鞭子符號重疊的瞬間抽打，魔力會累積得比較快。但是失誤太嚴重會讓魔力稍微減少。」

完全是音樂遊戲嘛。難道目標是鞭子之達人？或者是鞭打音樂家？這種標題感覺也太歪了吧……！

我點點頭，不做多想就持鞭抽打眼前的目標。話說這個目標的形狀怎麼好像會讓人聯想到人體啊？

『叮咚！』

奇妙的聲音響徹周遭，我和奈奈美的視線交錯。

「看來好像追加了注意事項……啥？」

「……怎麼了，奈奈美？」

奈奈美使勁甩頭又揉眼睛，再度凝視螢幕後全身不再動彈。

我只有不好的預感。

「沒、沒事，非常不好意思，我現在似乎看見了幻覺。」

「很遺憾，妳低頭看自己身上穿的衣服和手裡拿的東西。這不是幻覺，是現實。」

這裡是成人遊戲的世界啊。並非現實的現實就在這裡，而且還真的成真了。

奈奈美在躊躇與困惑之中緩緩開口解釋：

「呃，要是失誤三次……就會噴出誘人情慾高漲的潤滑液。」

我花了一點時間才理解這句話。

「啥啊啊啊啊啊啊啊啊啊！笨蛋喔？是笨蛋對吧？告訴我這是笨蛋幹的好事！」超越常人理解的範疇了吧！又不是成人遊戲的橋段！這裡真的是成人遊戲的世界啊啊啊！

「請、請儘管放心，主人。根據說明文，該潤滑液似乎有美容效果，沐浴其中能讓肌膚維持彈性與光澤，以及長時間的保濕效果與美白效果……」

「這種東西有什麼用！光是會讓人情慾高漲就完全無法放心！」

「有、有道理。」

糟糕。印象中過去好像有過類似的對話，只是立場和人物換了而已。

冷靜下來，保持鎮定……！

「抱歉，明明不是奈奈美的錯，我卻遷怒奈奈美。」

「不會，主人的心情我也能理解。我不在意。」

奈奈美用鞭子抽打目標，畫面隨之切換。

這次浮現了持鞭女性與攝影機的圖樣。而且一如往例，用古代文字寫著說明用的文章。

「上面寫什麼？」

「……似乎會以照片記錄失敗時的場面，當作一輩子珍藏的回憶。」

什麼跟什麼，還會幫忙把一輩子（黑歷史）的回憶用照片永久保存？

「好像用一顆下級陣刻魔石就能換取一張照片。」

「難道這裡是遊樂園或主題樂園嗎？還要拍紀念照，到底是在想什麼！」

稍微想像就很明白了。惡魔裝扮的男女用鞭子抽打雕像的照片耶，這只能說是黑歷史，而且身上還滴著潤滑液喔。太蠢了…………

…………全身沾滿潤滑液的墮天使奈奈美？

「……主人？」

我看著攝影機形狀的符號，靜止不動。也許我現在被迫面對至上的抉擇。其他任何事物都無法取代的至高珍寶，也許只需要一顆下級陣刻魔石就能拿到手，搞不好能得到無論花費再多金錢都無法換來的寶物。

有、有些時候，人有需要強迫自己吧？事先知道會被拍照，自然會萌生一股無論如何都一定要成功的心情對吧？話雖如此，失敗也是家常便飯，這也是無可奈何吧。

「……」

奈奈美懷疑地盯著我看。這也是理所當然。持鞭的手掌不知不覺間已滿是汗水。

不，先等等。為什麼我沒問過奈奈美的意見就想做出這種選擇？這不只是我的問題，而是我與奈奈美的問題。所以只要奈奈美心裡有一絲絲想拍張照片留念的想法，還是有點機會——

「……………」

——根本不可能吧。不好意思，是我想太多了。仔細想想，我自己也會遭受其害，實在不應該輕易嘗試。

「真是的……真拿您沒辦法。如果這樣能提升主人的鬥志——」

奈奈美如此說著，點選了攝影機符號，隨後轉頭對我露出笑容。

「僅此一次喔。那麼主人，讓我們開始吧。」

這女生是怎麼回事？該不會是天使？還真的是！

「因為我很相信主人的人格呀。主人想必不會故意失誤，那麼不管選哪個都沒有差別吧？」

我忘了她現在是墮天使！

這女僕，竟然擺出滿臉賊笑這樣警告我。她都這樣說了，我要怎麼失誤啊？可惡，她肯定看穿了我的想法才故意這樣說！

「那麼我們開始吧。」

語畢，奈奈美揮鞭抽打目標後，畫面隨之轉換。輕快的音樂響徹四周，鞭狀符號朝著橫線落下。

大概還只是熱身，我和奈奈美都看到一個鞭狀符號往下墜。

『叮咚～～』

我們應該都在正確的時機擊中了目標，畫面上用來顯示魔力的計量表稍微變長了。

在那之後鞭狀符號屢次墜落，我們都毫無失誤地擊中。

「主人，非常不好意思，但我得先告知您。」

「嗯？」

目前沒有失誤。我正覺得一帆風順，為什麼要向我道歉？

「看來我選的鞭子似乎是陷阱。」

「咦？」

「我選的鞭子似乎是陷阱。這條鞭子的難易度比我想像中的還要高。」

『叮咚～～』

「奈、奈奈美？」

「看來用這條鞭子，無法在短時間內高速連擊。」

喔喔，原來如此。因為這條鞭子滿長的嘛，老實說光是抓準時機命中目標都很難了。現在我就已經敬佩不已了。

「喂————！那、那樣真的沒問題嗎！」

「不知道潤滑液聞起來是什麼味道呢……」

「妳為什麼一副清爽的笑容啦！不要放棄啊！」

不過越向前進，難易度只會無情地不斷提升。我覺得奈奈美拿著那條長鞭已經很努力了。

在這之後，我和奈奈美各失誤一次，但還是來到計量表只差一點就存滿的地步。

我們兩人同時精準地鞭打目標後，原本呈現藍色的計量表綻放閃耀的七彩光芒。這樣就達成目標了吧。

真是漫長又艱難的戰鬥，令人感慨萬分。我打算鬆手放開鞭子，但我辦不到。

「太好了！——咦咦咦？」

「主人，要高興還太早了。音樂、音樂還沒停下來！」

等等，太奇怪了，太奇怪了。

「暫停暫停，為什麼明明達成目標了，音樂還一直播個不停啊！」

「主人請先冷靜下來！至今的一切本來就不合理，不管發生什麼事都不奇怪。這裡要是失手了就會全身濕滑。」

「混帳！只要音樂還沒停就不算結束嗎？設計這玩意兒的人真是蠢耶，如果還活著拜託讓我揍一拳。」

好不容易都撐到這裡了。當然我絕對不會失手。而且甩鞭已經持續好一段時間了，只要不是一曲長達數小時的古典樂，盡頭應該已經不遠。

我的猜想沒有錯。屬於副歌的部分已經告終，音樂很快就漸漸轉小。聲音馬上就要消失。鞭狀記號不再掉落，我和奈奈美轉頭互看。

奈奈美臉上掛著燦爛無比的笑容。我們真的成功了，在這場突然開始的音樂遊戲中獲勝了！勝過了這個爛遊戲！

我們展開雙臂擁抱彼此。

「過關了！」

「成功了，主人！」

看到了嗎！製作群！這就是我和奈奈美的實力！

就在這瞬間，一個鞭狀符號從畫面上方墜下。

「「啊！」」

我和奈奈美同時驚呼。

見到墜落中的符號，我突然回想起來，音樂遊戲中常常在音樂結束前掉下最後一個音符吧？

『登愣～～』

在這音效響起的同時，魔法陣開始在眼前構築。螢幕上明明顯示了達成目標，魔法陣卻無情地在眼前飛快地構築。

不過，這種可能性原本就在考量之中。

我事先就想過，萬一真的陷入如此處境該怎麼做。不，根本連想都不用想，基於我的信念，原本就覺得我會反射性地如此動作。

奈奈美就要擋到我面前時，我用第三隻手抓住了她。

「奈奈美，謝謝妳。妳待在後面。」

「主人？」

會被潤滑液淋滿全身的人，有我一個就夠了。把奈奈美拋出去後，我將第四隻手向前方攤開。只要向前方澈底張開披肩，也許就能防禦。這或許只是一絲希望，但還是要試試看。然而這想法太天真了。

「主人！在上面！」

被我拋出去的奈奈美叫道。

我聽見這句話的同時，視線轉往半空中。飄浮在那裡的魔法陣已經完成，正要朝我灑落潤滑液。我目睹那情景，不由得笑了。

居然還有備用計畫，真是太奸詐了。目的就是強逼中獎嘛。

我做好覺悟，閉上眼睛，任憑那液體從我頭頂淋下。

若問我那是何種感覺，大概就類似夏天常用的涼爽型止汗噴霧，起初相當冰涼，但是冰涼感很快就退去。液體爬滿全身的感觸傳來後，緊接著散發出滾燙的熱。

「唔！」

而且還全身黏答答的。哎，畢竟是潤滑液，觸感本就如此吧。

我走了幾步想離開這裡，腳底一滑。沾滿潤滑液的地面異常溼滑。我為了保護身體而伸手撐向地面，但是手臂沒感到痛楚，反倒是身體感受到衝擊力。

「笨、笨蛋，這樣我保護妳不就沒意義了！」

我沒有跌倒。奈奈美抱住了我，手臂緊緊圈住我的腰。

「嗯…………主人的痛苦，就是我的痛苦。呼啊……嗯！」

奈奈美的呼吸越來越熾熱，我的身體也不停發燙。

「奈、奈奈美。」

聽她這樣對我說，我真的很高興。真的非常高興。但是喔，現況下有夠難受。儘管如此，我還是想當個紳士，況且奈奈美也相信我。

「我現在就用水魔法，沖洗乾淨吧。」

果然還是得忍耐啊。奈奈美，妳知道嗎？妳這樣是在考驗男人的忍耐力喔。

話說，妳嘴角掛著一抹淺笑，該不會是故意的吧？而且還在我的耳畔嚶嚀，該不會是故意的吧？

用奈奈美的水魔法大略清洗過身體，我們更衣後走進轉移魔法陣。

那個轉移魔法陣連接到迷宮的入口處。

時間似乎日落已近，石造迷宮的入口處染上夕陽的橘紅，殘破的石柱投落長長的影子。不經意往旁邊一看，奈奈美沐浴在橘紅色的陽光下，眺望著染上橘紅色彩的樹林。銀色髮絲被風吹得蓋到眼前，她伸手拂向一旁，輕輕吐出一口氣。我也跟著望向她視線所指之處。

有種不可思議的心情。

我們不久前才決心面對死亡危機，攻破了迷宮，現在眼前景色一片祥和。

「真是一場大冒險啊……欸，奈奈美，要是告訴琉迪她們今天發生的事情，會不會挨罵啊？」

「您這是明知故問。因為大家想必會非常擔心，最好還是暫時保密。雖然我想還是坦誠以對比較好。」

「妳也這麼覺得？」

「換作是我站在琉迪小姐的立場，鐵定會發怒，氣得想用鞭子抽您。」

我們四目相對，同時笑了。

「用鞭子抽打雕像逃出來，這種事絕對說不出口啊。」

「是的，這是只屬於我們的祕密，屬於我和主人的……非常、非常寶貴的祕密。」

仔細一想，這只是理所當然。

不管我和奈奈美遇到多麼危險的處境，花邑家中的時光還是一如往常地一派平穩。克拉利絲小姐難得悠閒地啜飲紅茶，我向她詢問琉迪現在在做什麼，她說應該在房裡讀書。

畢竟進入學園後第一次的考試快到了，當然會用功讀書吧。因為我原本就不打算應考，完全忘了有考試這回事。

不過這學園制度特殊，只要攻破迷宮就能升級，也能畢業，所以其實也有人打從一開始就不參加考試。

但琉迪是個有常識的優等生，或者該說正常學生都會應考吧。

結束了空揮和克拉利絲小姐的模擬戰，我一面沖澡一面擬定日後的計畫。

我想避免靠近琉迪的房間。考試快到了，姊姊應該也很忙吧。因為有時我完全無法預料姊姊的行動，也許她其實沒那麼忙。

既然如此，既然學園最高掌權者就在家中，那先做好一些事前安排吧。因為那個人總是一副很忙的樣子，趁現在先提一下吧。既然決定了，就早早開始行動。

我沖完澡立刻換好衣服，前往毬乃小姐的房間。這時毬乃小姐和奈奈美都在房內。

「你來得正好。」

嗯？我歪過頭納悶地問道。毬乃小姐隨即對我遞出一張紙。我伸手接下，來到坐在沙發上的奈奈美身旁坐下。

「我看看，這個是……結婚申請書啊……嗯？」

「哎呀，我搞錯了！」

「絕對不會有這種失誤吧。」

她拿走剛才那張紙，又遞給我另一張。

為什麼這裡會有結婚申請書啦。要拿到這種東西，除非特地跑一趟市公所，要不然就是成人遊戲的小贈品吧？話說，那張結婚申請書看起來很像真的，被別人看到肯定會造成誤會。

而且，剛才那張結婚申請書上寫著我和姊姊的名字……哎，應該只是錯覺吧。

「這張，這張才對。」

「呃，是入學申請書……是吧？」

奈奈美在我身旁說「請準備足夠所有人用的數量」。妳指的不是入學申請書吧？
哎，不管了。我大略檢視交到我手上的入學申請書後，注視著上頭的人名。
她不知在和毬乃小姐說些什麼，注意到我的視線，將臉轉向我。
我們四目相對，奈奈美突然用雙手捧著臉頰，扭動身子。
「不要啦，在這裡很羞人……！」
「拜託不要做出若有所指的發言，容易引人誤會。」
我什麼都沒說喔。在她的妄想中，我到底對她下了什麼命令啊？
「別擔心，我會當作沒看到的♪」
別這樣，這種體貼就省了。奈奈美若無其事地恢復平常的表情，我轉頭看向她。
「話說……可以請您回到正題了嗎？」
「好的，正好現在敲定了。」
「終於用不著與這老太婆繼續交談了，而且這樣一來就能正式和主人一起入學。哎呀，請不要這麼開心。」
為什麼奈奈美對毬乃小姐這麼辛辣啊？這就之後再問她吧。更重要的是——
「要問我開不開心，是開心沒錯啦。不過我現在立場不太好喔。」
因為與琉迪之間的關係加上蹺課慣犯，我在學園內的立場不太好。而且考慮到我今後的計畫，甚至有可能讓風評變更糟。

「因為你都不好好來上課啊～～」

這時毬乃小姐不滿地直盯著我瞧。事實就是如此，我無法反駁。不過日後蹺課的頻率應該還會更高，特別是在第一次考試結束前。更重要的是——

「考慮到接下來的事，我覺得這樣下去也沒什麼不好，不過會連累奈奈美還是有點……話雖如此，最終要如何收場，我實在無法預料。」

「接下來的事……應該是三會吧？」

毬乃小姐的雙眼流露妖異的光芒。真是一針見血，完全就如她所說。

「哎，無論如何我都不會離開主人身邊，不管飛在旁邊的蜻蜓有什麼意見，我也完全不會放在心上，只要殲滅就好。」

「會出手殲滅就代表妳非常介意吧。」

「哎，玩笑話就先放一旁，我完全不會放在心上。」

不管我怎麼說，她應該都會跟過來。但是——

「不過，奈奈美應該能享受這種狀況。就這樣吧。」

主人真了解我——奈奈美如此說著，而毬乃小姐對我搭話：

「欸～～小幸、小幸。如果你願意，可以告訴我你的計畫嗎？」

沒錯，我來這裡的目的就是為了避免我日後的計畫會有萬一，前來找她「私底下安排」。

「其實這才是我來的重點。我想做的事情很簡單。」

哎，其實我的一切目的只在於變強，接下來要談的是副產物。不過衝擊力比較強，還是從這邊優先談起吧。既然要談，那就自豪地宣言。

我豎起食指，挑起嘴角。

「我打算不去應考，拿到學年第一名。」

—奈奈美視角—

主人在學園似乎被視作劣等生。

尖銳的視線確實顯示了這一點。仔細一問就知道，箇中理由單純明瞭，只是以成績不良為主，再加上與琉迪小姐的關係親近。

關於這一點，琉迪小姐真心為此感到憤慨，雖然想要有所行動，但她也明白輕率行動只會對主人有害，再加上主人也毫不介意，因此她並未採取大動作。

此外，擔心主人的並非只有琉迪小姐。像是雪音小姐、初實小姐、克拉利絲小姐等人，主人真的受到許多人的關懷。

「主人，那種只會在背後指指點點的低等生物，視線想必很宜人吧？」

「這種話在一般學生面前是禁語喔。」

當然我也沒打算說出口，但我還是裝模作樣地說「真拿您沒辦法」。看著眼神不安的主人，不形於色地笑著。

「這樣一來，主要場所的介紹就結束了吧。」

「非常感謝主人。不過，我每分每秒都不打算離開主人身旁，不管要去哪裡都如影隨形。」

我如此說著，詔告天下般緊抱住主人的手臂。我將自己的身體緊貼上那條手臂，嗅著主人的氣味時，發現視線變得更強烈了。

那麼，受到周遭旁人的熱烈支持，主人看起來前途無量。唯一令我擔心的就是那位女性吧。

我是覺得應該不至於，但不怕一萬，只怕萬一。按照主人的個性，不管有何遭遇，也許都會苦笑著說「真沒辦法」。但我絕對無法接受。

然而，光就交談時的內容來判斷，她應該不是敵人。我要求她發誓「會站在主人那一邊」而且「不會對主人造成不利」。不過最根本的原因還是我能感受到她確實對主人懷有好感，所以我認為她應該安全。

然而，其存在本質與一般人類截然不同。為何她會置身於此，不對，光是這一帶的狀況就很奇怪了。我的知識中完全沒有類似的案例。

她說有朝一日會告知主人與我，不過時候未到。

然而我必須避免主人遭遇不測。正因如此，我要提高警覺。

時時注意月詠魔法學園學園長「花邑毬乃」。

「那麼，差不多該和琉迪會合回家了。話說回來，還真是不可思議。」

我點頭回應這句話。我也覺得好奇。指向我們的視線漸漸減少了，就像是發現比我們更值得注視的對象。

從制服上的胸針與領帶夾來判斷，挪開視線的男女主要是二、三年級的學生。

「讓開讓開。少擋路，奴家過不去。」

「紫苑，別這樣，妳老是擾亂眾人的和氣。不對，式部會每個人都這樣。」

我和主人一同觀察那個方向，發現了一名穿著紫色和服的女性，以及戴著眼鏡的女性。

「怎麼啦？挑明了說有什麼不好？他們在這附近晃蕩只會礙事。」

「我的意思是只要好好說，大家都會明白，用不著一副找人吵架的態度。」

那個人推了一下眼鏡，瞪向另一人。

「奈奈美，也許算是機會難得，有意思的傢伙們出現了喔。」

主人如此說著，愉快地笑。

「她們就是我視為目標之一的『三會』成員，實力最終將與三會會長們並駕齊驅的強者。」

大概是注意到我們的視線，取代我們成為眾人視線焦點的兩位女性轉身面向我們。

「哦？奴家還以為是誰呢，原來是雪音賞識的新生啊。不過這下子事情好像滿有趣的嘛。」

「就是那個男生……？會長有些在意的男生啊。」

主人聳了聳肩。

「實在沒想到會在這裡遇見兩位。式部會副會長『式部大輔』姬宮紫苑學姊，以及學生會『副會長』芙蘭齊斯卡．艾妲．馮．格奈森瑙學姊。」

「哦，你認識奴家啊。哎，不過這也是當然的吧。」

「我當然是聽聞過，不過沒想到紫苑也認識他。」

「哦？芙蘭啊，妳想找人吵架？奴家奉陪喲。」

我聽說學生會和式部會彼此交惡，這是真的嗎？

「在我的計算中，我有十成機率獲勝，只是浪費時間罷了。」

「哦？還真敢說。嗯？你們是怎麼了？要看到什麼時候？馬上消失！」

姬宮紫苑前方浮現了闇屬性的魔法陣。不過芙蘭齊斯卡用手抹去魔法陣。

大概是認為這裡有危險，圍觀的學生四散而逃，現在這裡只剩下我與主人。

「瀧音幸助同學和呃……旁邊這位是……？」

戴眼鏡的女性看著我，吞吞吐吐地問道。因為視線停在女僕裝上，大概是對我身上這襲女僕裝非常介意吧。

「這是女僕的制服。」

咦？這裡是學園吧……芙蘭齊斯卡呢喃說著，眼中彷彿冒出打轉的漩渦；反觀式部會的姬宮紫苑，則是滿臉笑容。都有人穿和服來學園了，穿女僕裝也無所謂吧。而且毬乃老太婆也說穿女僕裝上學就好。

注意到主人看著她的反應而不禁偷笑，與她們交流時開點玩笑應該沒關係。

我看著那兩人，對主人咬耳朵：

「主人，該不會是未來的夫人候補？」

「不是啦。奈奈美把我當成什麼了……」

雖然主人這麼回答，不過事實還很難說。

「不好意思，玩笑話就說到這邊吧。」

哎，不管夫人候補人選增加到幾人，我該做的事情都不會變。我的優勢也不會有所改變。

我是女僕騎士，也是天使，而且還有主人與我之間的契約。這是對主人有意義的單方面契約，但是其他人都沒有，唯獨我與主人訂立了這個契約。其他任何人都不可能取得這份契約。

活在迷宮並且死於迷宮。女僕騎士的命運原本註定如此，但是主人想給我自由。

所以我會自由地活著。

既然可以自由選擇，我就選擇待在主人身旁吧。

我喜歡和主人拌嘴互開玩笑。當我拋出那些沒意義到自己都忍不住笑出來的話語，他總是反應靈敏地吐槽回應，這樣的交流讓我心滿意足。

我喜歡照顧主人，光是陪伴主人就讓我感到幸福。

我不會讓出這個位子，也不會讓出女僕的職位。我會為了主人奉獻一切。不，我希望奉獻。如果主人想成為最強，我就會在旁扶持。主人總是太注重他人而犧牲自己，必須由我來扶持他。

我捏起裙襬，對主人行禮。

我可不打算把這個位子平白交給任何人，在主人身旁服侍的人唯獨我一個。就算夫人候補增加，這也不會改變。即便那是何等的強者，我都不會讓出這個位子。

這裡就是我的居身之處。

「我是美少女女僕奈奈美，服侍終將登上世界最強之巔峰的主人。日後還請多多指教。」

後記

各位好，我是入栖。

——致謝——

感謝神奈月昇老師繼第一集之後，再度為本書繪製美妙的插畫，在此致上誠摯的謝意。因為有些角色設定與網路連載版不同，我想肯定讓老師有些混亂吧，關於這一點真的非常不好意思。

在廣播劇這方面，非常感謝島崎信長大人、M・A・O大人以及音響師，多虧各位才能達成如此驚人的完成度。真的非常感謝大家。在此更要特別感謝兩位聲優，面對「轉生為成人遊戲萬年男二～」這種擺明洋溢著地雷味的標題，還是二話不說參加演出，真是令我感激再三。

在SHUFFLE！合作時則要感謝Navel的工作人員，以及在第一集出版時為本書繪製插畫的西又葵老師。因為SHUFFLE！是讓我迷上成人遊戲的關鍵作品之一，能與之有所關聯，真是讓我感激之至。真的非常謝謝各位。

還有繪製了插畫為我加油的しんたろー老師，感謝您畫了可愛得讓人不禁露出賊笑的琉迪！

再來就是宮川編輯，這次同樣給您帶來莫大的麻煩。為此感到歉意的同時，也非常感謝您。下次的故事會更加有趣，但我也有預感會添增更多篇幅。咦？頁數喔……這是什麼意思啊？（望向遠方）

最後，感謝購買本書的各位，為本書聲援的各位。

真的非常謝謝大家。

——下集預告、告知——

眾所盼望的那個場面終於要在第三集到來了。沒錯，就是在小說投稿網站上拿到讓我不禁以為是在作夢的分數，登上當天排行第一的那個場面。

我會將之強化數倍，送到各位讀者手上，請先做好覺悟。

此外也預定追加在網頁版沒有提到的雪音學姊的故事。為了讓還沒成為學姊粉絲的讀者們也墜入情網，也為了讓各位學姊的粉絲更喜愛她，我正在構思這樣的追加篇章，敬請期待。不過請不要提醒我頁數的問題，拜託了。

此外，由緋賀ゆかり老師執筆的漫畫化企劃進行中，這方面也希望各位多多支持！

入栖

今後也請多多支持魔探！
神奈月昇.

轉生為成人遊戲萬年男二又怎樣，我要活用遊戲知識自由生活

Reincarnated as a Eroge Hero's Friend, I'll live freely with my Eroge knowledge.

靠神獸們成為世界最強吧 1~5（完）

Kadokawa Fantastic Novels

作者：福山陽士　插畫：おりょう

忽然有小寶寶叫狄歐斯「爸爸」？
跟神獸的冒險故事來到精彩高潮！

某天早上，忽然出現的小寶寶艾菈把狄歐斯認作爸爸，使神獸們遭受衝擊。狄歐斯讓陷入混亂的神獸們冷靜下來，打算在找到艾菈的父母之前先跟大家一起照顧她。於此同時，鳥籠解放者的攻擊更為猛烈，再加上加芙涅得神的降臨，事態急轉直下——

各 **NT$200~220/HK$67~73**

以我的能力創造開外掛的老婆們 1~7 待續

Kadokawa Fantastic Novels

作者：千月さかき　插畫：東西

凪一行人遇見正直有禮的少年見習騎士
少年其實是女兒身，自己卻不知道!?

凪一行人在旅途中遇見一名正直有禮的少年見習騎士卡特拉斯——其實那是一名被母親洗腦，以為自己是男孩子的美少女！而且還有雙重人格？沒想到在卡特拉斯的身世之謎的背後，竟有著足以動搖國家的陰謀，與危險至極的魔法道具……？

各 **NT$200~240/HK$65~80**

交叉連結 1~2 待續

Kadokawa Fantastic Novels

作者：久追遥希　插畫：konomi（きのこのみ）

為拯救春風的姊姊，挑戰毫無通關希望的地下遊戲！
超正統遊戲小說第二彈——

夕凪成功拯救了電腦神姬春風後，此時斯費爾寄來新的地下遊戲「七名被選中的特級玩家互相爭奪龐大點數」的邀請函。等待再度踏進地下遊戲的夕凪的，是強制與電腦神姬鈴夏「互換身體」，且關鍵的鈴夏完全沒打算通關遊戲的這種確定敗北的狀況——

各 **NT$220/HK$68~73**

史上最強大魔王轉生為村民A 1~3 待續

Kadokawa Fantastic Novels

作者：下等妙人　插畫：水野早桜

為了消滅歧異點，大魔王回到古代世界？
「前魔王」的校園英雄奇幻劇第三集！

教育旅行途中，自稱神的存在突然出現在亞德等人面前，將他們丟到古代世界！為了回到現代，他們前往見過去的亞德——瓦爾瓦德斯。與勇者「莉迪亞」及從前的部下們重逢造成混亂連連，同時出現另一個號稱「魔王」的人物，讓一切益發費解……

各 NT$220~240/HK$73~80

國家圖書館出版品預行編目資料

魔法★探險家 轉生為成人遊戲萬年男二又怎樣，我要活用遊戲知識自由生活 / 入栖作；陳士晉譯. -- 初版. -- 臺北市：臺灣角川, 2020.09-
冊；　公分. -- (Kadokawa fantastic novels)
譯自：マジカル★エクスプローラー エロゲの友人キャラに転生したけど、ゲーム知識使って自由に生きる
ISBN 978-957-743-973-4(第1冊：平裝). --
ISBN 978-986-524-141-4(第2冊：平裝)

861.57　　　　109010214

Kadokawa
Fantastic
Novels

魔法★探險家 轉生為成人遊戲萬年男二又怎樣，我要活用遊戲知識自由生活 2

(原著名：マジカル★エクスプローラー　エロゲの友人キャラに転生したけど、ゲーム知識使って自由に生きる 2)

2020年12月10日　初版第1刷發行

作　　者：入栖
插　　畫：神奈月昇
譯　　者：陳士晉

發 行 人：岩崎剛人
總 編 輯：蔡佩芬
編　　輯：孫千棻
美術設計：李思穎
印　　務：李明修（主任）、張加恩（主任）、張凱棋

發 行 所：台灣角川股份有限公司
地　　址：105台北市光復北路11巷44號5樓
電　　話：（02）2747-2433
傳　　真：（02）2747-2558
網　　址：http://www.kadokawa.com.tw
劃撥帳戶：台灣角川股份有限公司
劃撥帳號：19487412
法律顧問：有澤法律事務所
製　　版：尚騰印刷事業有限公司
ＩＳＢＮ：978-986-524-141-4